Akte X Stories
Die unheimlichen Fälle des FBI

Blitzschlag

Easton Royce

AKTE X

DIE UNHEIMLICHEN FÄLLE DES FBI

Blitzschlag

Roman

auf Basis der gleichnamigen Fernsehserie
von Chris Carter und des Drehbuchs
von Howard Gordon

Aus dem Amerikanischen
von Götz Burghardt

vgs

Erstveröffentlichung bei:
HarperTrophy – A Division of HarperCollins Publishers, New York
Titel der amerikanischen Originalausgabe:
The X-Files – D. P. O.

Die Deutsche Bibliothek – CIP-Einheitsaufnahme

Akte-X-Stories – die unheimlichen Fälle des FBI. – Köln : vgs
Bd. 8. Blitzschlag : Roman / Easton Royce. Aus dem Amerikan.
von Götz Burghardt. – 1. Aufl. – 1996
ISBN 3-8025-2417-9

1. Auflage 1996

Lektorat: Annekatrin Klaus
Umschlagfoto: Michael Grecco © 1996 Twentieth Century Fox Corporation
Umschlaggestaltung: Papen Werbeagentur, Köln
© des Titel-Logos mit freundlicher Genehmigung
von ProSieben
Satz: ICS Communikations-Service GmbH, Bergisch Gladbach
Druck: Clausen & Bosse
Printed in Germany
ISBN 3-8025-2417-9

1

Der Parkplatz vor dem Einkaufsboulevard glänzte vor schwarzer Nässe. Soeben war ein Gewitter vorübergezogen, und das nächste hing drohend am fernen Horizont. In einer solchen Nacht waren nur wenige Leute unterwegs. Auch machten in einem winzigen Städchen wie Connerville, Oklahoma, die Läden ohnehin um 20.00 Uhr dicht, und jetzt war es bereits 23.00 Uhr.

Die Geschäftsstraße selbst war wenig beeindruckend – ein Waschsalon, ein Supermarkt, eine Spielothek. Laden und Waschsalon waren natürlich geschlossen, die Videospiel-Halle jedoch beendete ihren Betrieb nie vor Mitternacht.

Heute abend stand nur ein einziges Auto auf dem Parkplatz: ein schmuckes Kabriolett, dessen Verdeck geschlossen war, als traue man dem Wetter nicht und rechne damit, daß es schon sehr bald wieder regnen könne.

Das sah seinem Besitzer ähnlich. Jack Hammond war besonders empfindlich und argwöhnisch . . . und nun, nachdem er den lieben, langen Abend Pizza ausgeliefert hatte, reagierte er seinen Frust an Videospielen ab.

Da er der einzige Gast in der Spielothek war, würde ihn niemand bei seinem Lieblingsspiel *Virtuelles Massaker II* stören. Mit Begeisterung bildete er sich ein, er wäre der geschmeidige Kämpfer auf dem Bildschirm, der seinem Gegner tödliche Schwinger versetzte. Das war zwar kein so großes Vergnügen wie Highschool-Football, doch Jacks Football-Zeiten waren schon vor etwa zwei Jahren und zwanzig Pfund weniger zu Ende gegangen.

Jack hämmerte auf die Knöpfe und hantierte mit dem Joystick wie mit dem Schalthebel seines Autos. Schon Monate war es her, daß seine Initialen zum letzten Mal auf der Bestenliste gestanden hatten. Irgendein Idiot blockierte jede Top Ten mit seinem Namenskürzel: D. P. O. Jack hoffte, heute mal wieder die Führung zu übernehmen – doch sein Kämpfer hatte inzwischen schon zweimal sein Leben eingebüßt.

Und gerade sah es ganz danach aus, als würde das noch ein drittes Mal passieren.

„He . . . du", meldete sich eine dumpfe Stimme hinter ihm. „Da habe ich gerade gespielt."

Jack warf einen raschen Blick über die Schulter. Hinter ihm stand ein bleichgesichtiger Einfaltspinsel mit einer speckigen Baseballmütze und einem schmierigen T-Shirt.

„Ich war bloß mal auf der Toilette", nuschelte der Fremde. „Jetzt bin ich wieder da."

Der Kerl sah wirklich beschränkt aus. Jack schätzte ihn auf neunzehn, doch allem Anschein nach hatte er dieses Alter noch gar nicht erreicht, geschweige denn den entsprechenden IQ. Er hatte genau so ein Feuermeldergesicht, wie es Jack ganz und gar nicht ausstehen konnte – Typen wie der brachten eine Kleinstadt in Verruf.

Jack widmete seine Aufmerksamkeit wieder dem Spiel, doch es war zu spät. Gerade noch konnte er sehen, wie seinem virtuellen Kämpfer durch einen tödlichen Karateschlag das Genick gebrochen wurde.

„Sogar Muttersöhnchen haben diesen Schlag drauf“, höhnte eine synthetische Stimme aus dem Gerät und lachte meckernd, während die Meldung *GAME OVER* Jack leuchtend rot ins Gesicht blinkte.

Jack schlug mit der Hand gegen den Apparat und wandte sich dann der halben Portion zu, die ihm sein Spiel verdorben hatte.

„Hast du ein Problem?“ raunzte er.

„Das ist mein Automat. Ich habe hier gespielt!“

„So, du Eierbirne? Jetzt tust du es jedenfalls nicht mehr!“ Jack griff in die Hosentasche und knallte ein paar Vierteldollarmünzen auf das Gerät, um seinem Anspruch Nachdruck zu verleihen.

Der junge Bursche grinste ihn mitleidig an. „Du hast mich wohl nicht richtig verstanden ... Es ist *mein* Spiel!“

„Es ist *sein* Spiel“, äffte ihn eine andere Stimme nach.

Erneut wandte sich Jack um und erblickte einen fetten Burschen mit langem, ungekämmtem Haar und einem Münzwechsler am Gürtel. Sein Name war Bart, doch er wurde nur Zero, *die Null*, genannt – aus leicht ersichtlichen Gründen.

„Und wer bist du, die Spiele-Polizei?“

„Nein, ich bin der Nachtmanager“, erwiderte Zero würdevoll, „und ich würde mich verziehen, wenn ich du wäre.“

Allmählich begann es Jack zu dämmern, daß dieses Bleichgesicht vielleicht der mysteriöse D. P. O. sein könnte. „Okay“, nickte er darum, „wenn du ein Spielchen willst, dann laß uns doch eins machen!“

Er packte den käsigen Hänfling am T-Shirt und hob ihn ein paar Zoll in die Luft.

„Ich fange an!“ knurrte Jack und stieß seinen Widersacher gegen den Automaten. Während der Bursche zu Boden stürzte, rutschte seine Baseballkappe herunter und gab den Blick auf eine riesige Narbe frei, die sich quer über den ganzen Kopf zog. „Was sehe ich denn da? Hast dir wohl das Gehirn rausholen lassen, wie?“

Jack war sich sicher, daß sich das Jüngelchen jetzt aus dem Staub machen würde – zurück in das Loch, aus dem er hervorgekrochen war. Doch er sollte sich irren.

Denn zu seiner Überraschung japste der Dicke: „Oh Mann, das hättest du nicht tun sollen!"

Immer noch am Boden atmete Darin Oswald durch, tief und ganz langsam, nicht um seinen Zorn zu beruhigen, sondern um ihn richtig aufzubauen. In der Spielhalle wurde es ziemlich finster, und das einzige Licht kam nun von einer trüben Quecksilberdampflampe, die über dem Parkplatz hing.

Darin nahm seine Baseballmütze und erhob sich. In aller Ruhe setzte er sie wieder auf. Obwohl die Wut immer heißer durch seine Adern jagte, blieb er äußerlich ganz cool ... So machte das Ganze mehr Spaß.

Auf einmal fing die Musikbox in der Ecke von allein an zu spielen, ohne daß es dafür eine normale Erklärung hätte geben können. Laut und unverschämt erklang ein Song von Darins Lieblingsband, den Nightwalkers.

Darin ging auf Jack Hammond zu. Noch von der Highschool her konnte er sich an diesen Kleiderschrank erinnern – wenngleich sie sich in verschiedenen Kreisen bewegt hatten.

„So, jetzt bin ich wohl dran?" fragte Darin gelassen. Die Beherrschung in seiner Stimme war unheimlich, die tödliche Ruhe vor einem Sturm.

Hammond kniff. Ein Schatten von Angst huschte

über sein Gesicht. „Ich vergeude doch nicht meine Zeit“, brummte er und verdrückte sich zum Ausgang.

Draußen im Freien atmete Jack erleichtert durch. Er hatte keine Ahnung, was sich da drinnen abgespielt hatte, und er wollte es auch gar nicht wissen.

Er sprang in sein Kabrio und drehte den Zündschlüssel im Schloß. Plötzlich dröhnte das Radio los, und laute Musik zerriß die feuchte Nachtluft. Diese Musik . . . sie kam Jack bekannt vor . . . ein bißchen zu bekannt!

Es war genau der Song, den die Jukebox in der Spielhalle ausgespuckt hatte. Ein Stück von den Nightwalkers.

Zufall, weiter nichts, redete Jack sich ein. Doch als er an den Knöpfen drehte und schließlich das Radio ausschaltete, jaulte der Song weiter durch die Nacht.

Unmöglich! Jack bekam feuchte Hände, während er den Frequenzknopf noch einmal hektisch hin und her laufen ließ.

Das Stück lief weiter.

Und dort, im Eingang zur Spielhalle, stand der bleichgesichtige Kerl mit der Narbe auf dem Kopf und starrte unverwandt zu ihm herüber.

Hammond legte den ersten Gang ein und gab Gas. Auf dem nassen Boden drehten die Räder zunächst durch, und das Auto kam nicht von der Stelle.

Seltsame Dinge, zuckte es durch sein Hirn, seltsame Dinge passieren in dieser Stadt. Da waren diese Wissenschaftler auf der Anhöhe, die mit ihren Blitzableitern experimentierten. Dann die ungewöhnliche Häufung von Unfällen an einer wenig befahrenen Straßenkreuzung. Doch nichts war so . . . unheimlich wie dieser Kerl da in der Spielhalle. Nichts wie weg hier!

Er wollte gerade den Parkplatz verlassen, als der Motor streikte. Er blockierte nicht, er soff nicht ab – er ging einfach aus, und der Wagen blieb stehen.

Verzweifelt hantierte Jack am Zündschlüssel. Nichts.

Das Radio plärrte gnadenlos weiter.

Und der bleiche Bursche stand immer noch da und blickte gelassen zu ihm herüber.

Plötzlich ein grelles Licht, gefolgt von einem ohrenbetäubenden Krachen. Jack wandte sich um und sah, wie sein Pizza-Service-Wimpel an der Antenne in Flammen aufging. Das war das einzige Warnsignal, das er erhielt. Dann erwischte ihn ein Schlag mitten in der Brust, der seine unmenschliche Wucht in Arme, Beine und den Kopf ausbreitete. Er spürte, wie seine Augen hervortraten. Sein Körper wurde wild hin und her geworfen, so daß der ganze Wagen bebte. Der Schmerz in den Muskeln war unerträglich.

Auf einmal wußte Jack Hammond, daß er hier und jetzt, auf diesem lächerlichen Parkplatz, sterben würde.

Seine Finger verkrampften unter der Spannung, die durch sie hindurchschoß. In einem letzten Aufbäumen versuchte er, die Tür zu öffnen, doch sein Körper zuckte unkontrolliert, so daß er dabei mit dem Kopf gegen die Tür schlug. Er war dem Tanz der Neuronen ausgeliefert . . . bis auch ihre Lebenskraft erlosch und die Schwärze vollkommen wurde.

Vom Eingang der Spielhalle sah Darin Oswald ohne die leiseste Gefühlsregung zu, wie Jack Hammond sein Leben aushauchte.

Schließlich ließ Darin von dem Autoradio ab, und auf dem Parkplatz wurde es wieder still. Vom Fahrersitz des Kabrios stieg eine zarte Rauchwolke zu den Sternen empor.

Gelangweilt drehte er sich um und schlenderte in die Spielhalle zurück, wo Zero gehorsam auf ihn wartete. Mit einem Lächeln bot ihm der Dicke ein 25-Cent-Stück an – doch Darin hob bloß die Achseln.

Er wischte sich eine Spur Schweiß von der Stirn, baute sich vor dem *Virtuellen Massaker II* auf – und das Gerät gehorchte.

Darin bewegte einen Muskel in seinem Gesicht – und ein neues Spiel begann.

„Ich hab das Gefühl, heute gibt's einen neuen Rekord, Mann“, sagte Darin und ließ die Puppen tanzen.

2

Wie so vieles in Connerville war das Wharton County Building unscheinbar, farblos und alt. Kaum jemand, der an ihm vorüberkam, schenkte ihm besondere Beachtung. Die Steuerveranlagungsbehörde, Sozialeinrichtungen, das städtische Archiv waren hier untergebracht. Und natürlich die Arbeitsräume des Coroners, des amtlichen Leichenbeschauers.

In dieser Funktion hatte Stan Buxton schon so manches gesehen – bisher jedoch nichts, das jemals das FBI auf den Plan gerufen hätte. Nervös sah er zu, wie die junge Agentin den Jugendlichen untersuchte, dessen Tod Buxton am Abend zuvor festgestellt hatte.

Sie und ihr überspannt aussehender Partner waren gerade erst dreißig Minuten zuvor eingetroffen. Sie waren in sein Büro gestürmt gekommen, hatten mit ihren Dienstausweisen gewedelt und verkündet, dieser Fall würde von der Bundespolizei übernommen. Dann hatte die junge Frau Stan mit der Mitteilung überrumpelt, daß sie ausgebildete Pathologin sei, und sie hatte darauf bestanden, die sterblichen Überreste von Hammond zu untersuchen – auf der Stelle.

Buxton war es nicht gewohnt, daß seine Arbeit in

Zweifel gezogen wurde. Er war besorgt, diese Frau aus Washington, D. C., könnte etwas finden, das er übersehen hatte. Zumal die Todesursache, die er ermittelt hatte, etwas seltsam erscheinen mochte: Der junge Mann war von einem Blitz getroffen und dadurch getötet worden – und das bei fast klarem nächtlichen Himmel.

Genau wie die anderen . . .

Mit geübten Bewegungen beugte sich die Frau über die Leiche und leuchtete ihr in den Gehörgang. Dann drehte sie den Kopf des Toten um neunzig Grad und schaute in das andere Ohr. Schließlich richtete sie sich auf und sah ihren Partner an.

„Beide Trommelfelle sind geplatzt“, erklärte Special Agent Dana Scully ohne auch nur das geringste Schwanken in ihrer Stimme.

Es gehörte zu ihrem Job, Leichen zu untersuchen, und viele befanden sich in einem weitaus schlimmeren Zustand als dieser Junge hier. Dennoch konnte sie die Vorstellung nie so ganz verdrängen, daß die Masse Fleisch und Knochen, die verwüstet vor ihr lag, einmal ein lebendiges Wesen gewesen war – ein Mensch voller Hoffnungen, Wünsche, Träume. Die betonte Coolnes half ihr, diesen Gedanken wenigstens in Schach zu halten.

Mit den Fingern drückte sie Hammonds Lider auseinander und betrachtete die toten Augen. Die Linse hatte sich in eine milchig-weiße Membran verwandelt und verbarg so die Pupille.

„Bei beiden Augen hat sich die Linse getrübt", sagte sie, immer noch mit völlig neutraler Stimme, während sie wiederum ihren Partner ansah. „Vermutlich durch die Einwirkung von Hitze."

„Vermutlich?" fragte Fox Mulder und hob eine Augenbraue.

Er griff hinter sich und nahm einen Plastikbeutel vom Tisch. Leicht schwenkend hielt er ihn Scully hin, als wolle er sie daran erinnern, wie seltsam dieser Fall ohnehin schon war. In dem Beutel befand sich ein verkohltes Stück Fleisch, das fast – aber nicht ganz – bis zur Unkenntlichkeit verbrannt war.

Es war ein menschliches Herz.

„Mitten im Brustkorb . . . Diesem jungen Mann ist das Herz mitten im Brustkorb versengt worden", sagte Mulder zu Scully, in jenem – wie sie fand – nervtötenden *Erklärungston*, den er ihr gegenüber allzu häufig anschlug.

„Ich muß zugeben", begann der Coroner widerwillig, „ich habe noch nie eine derartige lokale Gewebeschädigung gesehen, doch . . ."

„Diese Verkohlung entlang des Brustbeins", unterbrach Scully Buxton und warf Mulder einen wütenden Blick zu, „diese Rippenfrakturen – das sind Begleiterscheinungen, wie sie zum Beispiel bei unmittelbarer

Einwirkung von Hochspannung vorkommen.“ Dabei deutete sie in die schwärzliche Öffnung im Brustkorb des Toten.

Buxton nickte, Scully jedoch fixierte weiterhin ihren Partner. Schließlich begegnete Mulder ihrem Blick und forderte sie auf – *forderte sie heraus* –, mit ihrer Erklärung fortzufahren.

Und genau das ist das Problem, dachte sie. Diese eine simple Tatsache, die eine einfache Erklärung unmöglich machte. Es sah aus, als wäre der Junge von innen heraus gekocht worden – als hätte er in einem riesigen Mikrowellenherd gesteckt.

„Ich kann es mir nur so erklären“, versuchte Buxton es erneut, seine Worte mit Sorgfalt wählend, „daß der Blitz das Auto getroffen hat und der Junge durch ... Berührung ums Leben gekommen ist.“

Das ergibt keinen Sinn, dachte Scully und fragte sich kopfschüttelnd, ob Buxton das nicht selber wußte ... und ob *sie* eine bessere Figur machen würde, wenn es an der Zeit war, daß *sie* den Versuch einer Erklärung, einer *wissenschaftlich fundierten* Erklärung, wagte.

Erneut sah Scully zu Mulder herüber und bemühte sich wieder einmal, sich in seine verschlungene Denkweise zu versetzen. Sie wußte nur allzu gut, wie sein Verstand arbeitete – und sie fragte sich, ob er nicht bereits schon *weiter* dachte.

Seit sie Mulders Partnerin geworden war, hatte sie Dinge gesehen, von denen sie sich niemals hätte träumen lassen, daß es sie in einer Welt geben könnte, die sie nach den Regeln der Forschung zu verstehen glaubte. In arktisches Eis eingeschlossene parasitäre Würmer ... ein menschliches Monster, das anderen Leuten das Fett aussaugte ...

Der Coroner richtete seine Augen auf die Tür hinter ihr. Scully folgte seinem Blick zu einer großen, stattlichen Erscheinung, die den Türrahmen spielend ausfüllte.

Sheriff John Teller.

Gewöhnlich taten Scully und Mulder alles, um mit den örtlichen Vertretern des Gesetzes in gutem Einvernehmen zusammenzuarbeiten. Als sie jedoch in Connerville ankamen, war Sheriff Teller gerade nicht erreichbar gewesen, und so hatten sie sich unverzüglich zum Büro des Coroners begeben. Es war im Grunde nur ein kleines Vergehen gegen die Vorschriften – es sollte allerdings, wie Scully schlagartig klar wurde, groß genug sein, um für Ärger zu sorgen.

Betont gleichmütig wandte sie sich wieder an den Leichenbeschauer. „Haben Sie bei den anderen fünf Opfern Kontaktwunden gefunden?"

Buxton wiegte sich leicht auf den Absätzen. Vermutlich hatte er jetzt, da der Sheriff ihn unterstützen konnte, etwas mehr Selbstvertrauen gefaßt.

„Da müßte ich in meinen Aufzeichnungen nachsehen“, gab er schroff zur Antwort, womit die Frage für ihn erledigt war. Nach einer kurzen Pause fügte er noch gnädig hinzu: „Sehen Sie, für mich ist es völlig klar, was all diese Menschen getötet hat.“

Nachdenklich starrte Mulder auf den Leichnam, der nach der Untersuchung wieder bedeckt worden war. „Blitzschlag, wie?“ bemerkte er mit einem Sarkasmus, den nur Scully heraushören konnte.

„Hm, ja“, nickte der Coroner.

Der Sheriff, der noch immer in der Tür stand, verschränkte die Arme und räusperte sich, und Scully begriff, daß die Untersuchung zu Ende war. Sie nahm ihre Schutzbrille ab und blitzte den Coroner herausfordernd an – ohne ein kleines Geplänkel würde sie es nicht bewenden lassen.

„Sind Sie sich darüber im klaren, daß im ganzen Land nur etwa sechzig Leute pro Jahr durch Blitzschlag ums Leben kommen?“ fragte sie ihn. „Und fünf von diesen Fällen sollen sich ausgerechnet allein hier in Connerville ereignet haben?“

„Ich weiß, daß es statistisch gesehen unwahrscheinlich ist“, entgegnete der Coroner, „doch . . .“

„Es hat nur *vier* Tote gegeben!“ mischte sich Sheriff Teller ein. Mit mächtigen Schritten trat er in den Raum und klopfte dem Coroner beruhigend auf die Schulter. „Ist schon gut, Stan. Du brauchst doch deine Arbeit nicht zu rechtfertigen.“

Der Coroner nickte ihm dankbar zu.

Leiser fuhr Teller fort: „Laß mich doch eine Minute mit unseren neuen *Freunden* vom FBI allein, okay?"

„Ja, sicher", murmelte Buxton. „Ich bin in meinem Büro zu finden."

Sheriff Teller musterte die beiden FBI-Agenten. „Falls Sie es noch nicht wissen sollten, ich bin der hiesige Sheriff. Ich habe gerade erfahren, daß das FBI sich hier eingeschaltet hat."

Mulder und Scully tauschten einen kurzen Blick. Wir hätten uns an die Vorschriften halten sollen, dachte Scully und versuchte, Teller durch ein Lächeln Marke Sonnenschein zu beschwichtigen.

„Ich bin Special Agent Scully und . . .", begann sie.

„Ich weiß, wer Sie sind", fiel ihr Teller brüsk ins Wort. „Ich möchte nur wissen, was Sie hier eigentlich zu tun haben!"

Das Lächeln wich von Scullys Gesicht. Hilfesuchend sah sie sich zu Mulder um – doch der hatte sich abgewandt und studierte mit scheinbar brennendem Interesse das Tuch, unter dem Jack Hammonds Leiche lag.

„Diese Todesfälle", erklärte Scully dem Sheriff, „ähneln anderen Fällen von Mchrfachtötung, die ebenfalls Blitzschlag zugeschrieben werden . . . was aber bisher nicht schlüssig bewiesen werden konnte."

„Nicht schlüssig für wen?" schnaubte Teller. Er

steckte die Hände in die Taschen und reckte den Kopf in die Höhe. Seine Stimme nahm plötzlich einen freundlich-herablassenden Klang an. „Verstehen Sie etwas von Blitzschlag, *Mizz* Scully?“

„Ja.“

„Wissen Sie, daß alljährlich etliche Leute bei sich zu Hause vom Blitz erschlagen werden, unter der Dusche oder beim Telefonieren? Daß es Leute gibt, die Blitze als Kugeln auf dem Boden haben tanzen sehen?“ Teller war jetzt richtig in Fahrt. „Aber die Wissenschaftler – selbst die besten von ihnen – wissen im Grunde nicht, was solchen Blitzschlag verursacht.“

„Das wußte ich nicht“, gab Scully zu. Wiederum warf sie Mulder einen hilfesuchenden Blick zu, doch der reagierte nicht.

Sheriff Teller lächelte süffisant. „Nun, aber *ich* weiß es, da ich jeden Morgen mit diesen Wissenschaftlern zusammen frühstücke.“

„Ich verstehe nicht.“

„Aber das ist doch klar wie Kloßbrühe!“ Teller hielt inne und grinste. „Wissen Sie, was wir hier in Connerville fabrizieren? Was eines unserer kleinen Erzeugnisse hier ist?“

Scully schwieg.

„Wir fangen Blitze ein“, triumphierte Teller. „Im Astadourian Blitz-Observatorium, etwas außerhalb an der Fernstraße 4. Einhundert Ionisations-Antennen ragen dort in den Himmel, dazu bestimmt, Blitze zu erforschen.“

Scully seufzte. „Das habe ich nicht gewußt“, gab sie zu.

„Und zwar, weil Sie Ihre Hausaufgaben nicht gemacht haben, stimmt’s?“ höhnte der Sheriff. „Sie sind hierher gekommen, um eine Arbeit zu verrichten, die bereits gemacht worden ist.“

Am Gebaren des Sheriffs, an seiner selbstgefälligen Gewißheit war etwas, das Scully störte. Er erinnerte sie an jemanden, doch sie konnte nicht genau sagen, an wen.

„Bei allem Respekt, Sir“, spielte sie ihren letzten Trumpf, „diese Autopsien ergeben keinen Sinn.“

„Woher wollen Sie das wissen?“

„Ich bin Ärztin.“

Das ließ Teller für einen Augenblick verstummen, und er rang sich ein Lächeln ab. „Aufgrund Ihrer Erfahrung also, als *Medizinerin*“, fragte er schließlich, „woran, glauben Sie, ist dieser Junge denn gestorben?“

Scully öffnete den Mund, um zu antworten, dann schloß sie ihn wieder. Erneut blickte sie zu Mulder – aber immer noch hätte sie genausogut gegen eine Wand gucken können. „Also . . .“ Sie biß sich auf die Lippen. „Da es im Augenblick keine andere Erklärung gibt, muß ich eingestehen, daß als wahrscheinlichste Todesursache . . . Blitzschlag anzunehmen ist.“

Teller musterte sie eindringlich, warf einen raschen Blick auf Mulder und nickte dann zufrieden. „Und ich möchte auch nicht, daß Sie oder sonst jemand den Eltern des Jungen etwas anderes sagen." Vielsagend hielt der Sheriff inne, um sicherzugehen, daß seine Worte auch registriert worden waren, dann machte er auf dem Absatz kehrt und verließ mit knallenden Schritten den Raum.

Immer noch starrte Scully dahin, wo der Sheriff gestanden hatte. „Sie dürfen jederzeit einspringen, wenn Sie wollen", murmelte sie in die Stille hinein.

„Warum denn?" lächelte Mulder schließlich und kam langsam zu ihr herüber. „Sie waren doch ganz gut."

Gereizt schloß Scully für einen Moment die Augen. Es würde kein guter Tag werden . . . erst hatte sie sich über das Gehabe des Sheriffs aufgeregt, und dann, was noch schlimmer war, hatte sie ihm auch noch Recht geben müssen.

„Haben Sie schon eine Theorie darüber, was hier vor sich geht?" fragte sic lahm.

„Ich glaube nicht, daß es Blitzschlag war."

„Aber was könnte es dann gewesen sein? Was, glauben Sie, werden wir finden?" Mit dieser Frage – so wußte sie – betrat sie gefährliches Terrain. Unbehaglich trat sie von einem Bein aufs andere.

Mulder überlegte. „Hm, ich würde ganz gern wissen, wer diese kleine Blitzfabrik finanziert ...“ Er hielt inne, und Scully konnte geradezu sehen, wie er in Gedanken die verschiedenen Möglichkeiten durchspielte. „Sagen Sie mir die Wahrheit, Scully! Glauben *Sie,* daß dieser junge Mann von einem Blitz erschlagen wurde?“

Scully haßte es. Sie haßte Augenblicke wie diese, wenn Mulder von ihr verlangte, ihre Meinung zu äußern, *bevor* alles Beweismaterial gefunden und ausgewertet worden war. Sie haßte Spekulationen.

„Nur weil die Ergebnisse einer Autopsie nicht hieb- und stichfest sind, bedeutet das noch lange nicht, daß sie falsch sind“, versuchte sie, sich aus der Affäre zu ziehen.

Mulder drängte: „Also sind Sie mit Tellers Erklärung einverstanden?“

„Die einzig mögliche *wissenschaftliche* Schlußfolgerung ist, daß Jack Hammond durch Blitzschlag getötet wurde.“ Scully hob resignierend die Schultern. Wenn sie Mulder davon überzeugen konnte, konnte sie vielleicht auch sich selbst überzeugen.

Doch Mulder war weit davon entfernt, sich überzeugen zu lassen. „Die hiesigen Blitze lassen sich noch leichter voraussagen, als Teller meint. Es scheint, daß sie sogar eine entschiedene Vorliebe für einen ganz bestimmten Personentyp haben“, stichelte er.

„Wovon reden Sie überhaupt?“

Wie ein Zauberkünstler, der ein Kaninchen aus dem Hut zieht, schlug Mulder den Ordner mit den Unterlagen auf, nahm ein Blatt Papier heraus und hielt es Scully unter die Nase.

„Sehen Sie! Sie sind *alle* männlich und zwischen siebzehn und einundzwanzig Jahre alt.“ Zufrieden wippte er auf den Zehenspitzen. „Genau wie Jack Hammond.“

Scully überdachte diesen neuen Gesichtspunkt. Der Coroner hatte gesagt, statistisch gesehen wäre die Anzahl der Blitzschlagopfer von Connerville unwahrscheinlich – diese neue Information aber verwies die Statistik an den Rand des Unmöglichen.

„Lassen Sie uns mal sehen, wo Jack Hammond ums Leben gekommen ist!“ schlug Mulder vor. „Vielleicht finden wir dort einen Anhaltspunkt.“

3

Jack Hammonds Auto war noch nicht vom Parkplatz des Einkaufszentrums geschleppt worden, und bis zu weiteren Ermittlungen hatte es die Polizei mit orangefarbenen Plastikkegeln gesichert.

Ein Stück hinter dem Fahrzeug hockte Fox Mulder und untersuchte die Reifenspuren auf dem Asphalt.

Scully sah in den Wagen hinein.

„Die Polizei hat Hammond siebzehn Minuten nach Mitternacht in seinem Auto gefunden", las sie aus der Akte vor. „Die gesamte Elektronik war durch Kurzschluß ausgefallen ... Sämtliche Kabel waren verschmort."

Sie ging zu Mulder hinüber, der immer noch am Boden kauerte. Mit den Fingerspitzen fuhr er über er den schwarzen Abrieb.

„Sieht aus, als hätte er versucht, ziemlich schnell wegzukommen."

Mit schrägem Kopf betrachtete Scully die Spuren. „Wegzukommen, wovon?"

Mulder erhob sich und ließ seinen Blick über die Fassade des Einkaufszentrums wandern. „Wann hat Jack Hammond seine letzte Pizza ausgeliefert?"

Scully warf einen Blick in die Akte. „Etwa zwischen elf und halb zwölf. Wieso?"

„Diese Läden sind um elf alle geschlossen." Seine Augen blieben an der Videospiel-Halle hängen. „Außer vielleicht diesem da."

Mulder und Scully blieben einen Augenblick stehen, um sich an das trübe, leicht bläuliche Licht in der Spielothek zu gewöhnen. An der Kasse zählte ein stämmiger Teenager 25-Cent-Stücke und rollte immer zwanzig davon in Papier ein.

„Zehn ... elf ... äh ... zwölf ..." Er lehnte über dem Ladentisch und schenkte jeder einzelnen Münze seine volle Aufmerksamkeit. „Dreizehn ..."

„Entschuldigung!" sprach Scully ihn an.

Der Jugendliche hob einen schmutzigen Finger in die Höhe und zählte weiter. „Äh ... vierzehn ..."

Scully und Mulder warfen sich vielsagende Blikke zu. Ungeduldig wie immer, machte sich Mulder daran, die tieferen Winkel der Spielhalle zu erkunden.

Scully wandte sich wieder dem Angestellten zu und versuchte es noch einmal.

„Entschuldigen Sie bitte!" sagte sie, diesmal mit etwas mehr Nachdruck.

Ein verschwitztes, pickeliges Gesicht sah zu ihr auf. Der Blick verdichtete sich zu einem regelrechten Starren, und Scully fragte sich, ob der Bursche seinen Mund überhaupt jemals zumachte.

Nach einer längeren Pause wurde Scully klar, daß der Angestellte wohl nicht die Absicht hatte, „Kann ich Ihnen behilflich sein?“ oder „Ja, bitte?“ zu sagen oder sonst eine Floskel zu benutzen. „Wie ist Ihr Name?“ fragte sie ihn schließlich mit wachsender Ungeduld.

„Äh . . .“ war alles, was er herausbrachte. Benommen schüttelte er den Kopf, als müsse er die Antwort erst freibekommen. „Zero“, nuschelte er.

Scully nickte und lächelte ihm aufmunternd zu. „Zero, kann ich einen Augenblick mit Ihnen reden?“

„Sicher“, erwiderte Zero und grinste schwach. „Worüber denn?“

Scully griff in die Tasche ihres Jacketts und zog ihren Dienstausweis heraus. „Ich bin vom FBI.“

Amüsiert beobachtete sie, wie der letzte Rest von Farbe aus Zeros teigigem Gesicht wich.

„Cool“, kiekste er.

Scully stecke ihre Brieftasche wieder ein. „Haben Sie gestern abend hier gearbeitet?“

Zero nickte. „Sicher. Jeden Abend.“

„Erkennen Sie diese Person wieder?“ Sie hielt ihm ein Foto hin.

Zero betrachtete das Bild und runzelte die Stirn, als würde er intensiv nachdenken. „Nee“, gab er schließlich zur Antwort, „nie gesehen.“

Scully mußte über diese leicht zu durchschauende Vorstellung schmunzeln, obwohl sie sie gleichzeitig ein wenig verblüffte. So viel Geistesgegenwart hatte sie dem Knaben gar nicht zugetraut. „Schauen Sie doch mal etwas genauer hin. Er war gestern abend hier, zwischen elf und halb zwölf . . .“

Bedächtig schüttelte Zero den Kopf, um zu signalisieren, daß ihm diese Information nichts sagte. Daß er nicht einmal wußte, wovon sie sprach.

Scullys Geduld war so gut wie erschöpft. Wenn er mich schon anlügt, dann sollte es doch wenigstens ein *bißchen* glaubwürdig sein! „Er ist da auf dem Parkplatz getötet worden“, fuhr sie in einem schärferen Tonfall fort und zeigte durch die Tür nach draußen. Das demolierte Auto war von der Kasse aus deutlich zu sehen. „Das war sein Wagen. Wenn Sie hier an dem Ladentisch gestanden haben, müssen Sie gesehen haben, wie es passiert ist.“

„Oh“, brachte Zero allmählich hervor. Seine Augen weiteten sich, und sein Kopf wackelte hin und her – die lachhafte Parodie einer Person, die urplötzlich die Wahrheit erkennt. *„Das . . .“*, sagte er und deutete mit dem Finger auf das Auto und dann auf das Bild in Scullys Hand, „war *er?“*

Mulder zwängte sich Reihe um Reihe zwischen den Videospielen hindurch. In seinem Dienstoutfit, Anzug und Schlips, wirkte er völlig deplaziert zwischen all den Kids, die mit glasigem Blick vor den Automaten hingen.

Mulder kam an einer klassischen Wurlitzer-Musikbox vorbei, die auf Compact Discs umgestellt war. Im Vergleich zu den knallbunten Spielen um sie herum erschienen ihre blinkenden Lichter und leuchtenden Glasröhren eher fad und veraltet.

Als er seinen Weg fortsetzte, erregte einer der Bildschirme seine Aufmerksamkeit – und Mulder blieb vor dem Spiel *Virtuelles Massaker II* stehen.

Das Video-Display rollte eine Liste mit Punktzahlen und Initialen sowie den Angaben von Datum und Uhrzeit ab, die genaue Information, wann diese Ergebnisse erzielt worden waren.

Mulder blinzelte in das Leuchten des Schirms, doch mit einem Mal verlosch die Liste aus Buchstaben und Zahlen und wurde durch eine Trickfilmszene brutalster Gewalt ersetzt, die zwei Männer im Kampf auf Leben und Tod zeigte. Zum Schluß der Sequenz schoß dem Unterlegenen nach einem mächtigen Schlag seines Gegners ein Schwall Blut aus dem offenen Mund. Gleichzeitig gurrte eine synthetische Stimme: *„Na komm schon! Ich weiß, du hast einen Vierteldollar in der Tasche . . .“*

„Das Letzte, was ich gesehen habe, war, daß dieser Hammond das hier mit ein paar Vierteldollars gefüttert hat.“

Mulder blickte auf. Der jugendliche Angestellte führte Scully zu demselben Automat, den er gerade betrachtete.

„Und was ich noch gesehen habe“, fuhr Zero mit schleppender Stimme fort, „war das Krankenauto.“

Scully warf Mulder einen neugierigen Blick zu, doch Mulder hatte seine Augen wieder auf den Bildschirm geheftet. Er wartete auf die leuchtende Rangliste.

Scully wandte sich wieder an Zero. „Bevor der Krankenwagen kam, ist Ihnen da dort draußen etwas Ungewöhnliches aufgefallen?“

Kopfschüttlend starrte Zero in die Luft. „Das ist schwer zu sagen. Ich meine, es ist ziemlich laut hier drin . . . und so. Da kann man kaum hören, was draußen los ist.“

Scully ließ nicht locker. „Ist sonst noch jemand hier gewesen, der etwas gesehen haben könnte?“

„Ich . . . äh . . . kann mich nicht erinnern.“

Mulder musterte den Burschen von oben bis unten. Der gibt sich ja unheimliche Mühe, dachte er. Deckte er jemanden? Und warum? Mulder widmete sich erneut dem Bildschirm, und endlich erschien die Liste der aktuellen Top Ten.

„He! Wo ist denn diese Wechselpflaume?“ rief eine Stimme von ganz hinten.

„’tschuldigung!“ erwiderte Zero hastig. Er war sichtlich erleichtert, Abstand zwischen sich und die Agenten bringen zu können.

„Scully, sehen Sie sich das mal an!“ sagte Mulder leise und zeigte auf den Bildschirm.

„Was?“ fragte Scully, während sie sich dem Display zuwandte.

„Wie waren denn die Namen der anderen Opfer?“

Bereitwillig schlug Scully die Mappe auf. „Billy Kolbrenner . . . Ralph Sherman . . . Darin Oswald . . . Leon . . .“

„Darin Oswald – hat der noch einen zweiten Vornamen?“

Scullys Finger folgte der Zeile. „Ja . . . Peter.“

„Darin Peter Oswald. Lassen Sie mich mal raten – von den fünf Opfern war er der einzige, der überlebt hat. Stimmt's?“

Scully nickte überrascht. „Ja. Woher wissen Sie das?“

„Sehen Sie.“ Mulders Handbewegung umfaßte die Tabelle auf dem Video-Display. Jeder Eintrag in der Rangliste begann mit denselben drei Initialen. D. P. O. „Darin. Peter. Oswald.“

Mit ausgestrecktem Zeigefinger tippte er auf die drei Buchstaben, die an der Spitze standen, und deutete dann auf das Datum am Ende der Bildschirmzeile – und auf die mutmaßlich genaue Uhrzeit von Jack Hammonds Tod.

„Er war hier, als Hammond starb.“

4

Mit einem Walkman auf den Ohren schob sich Darin Peter Oswald unter einen Buick, um seine Arbeit zu tun. Er war ein ziemlich guter Mechaniker, aber das waren die meisten jungen Burschen in dieser Stadt. Vermutlich deshalb zahlte ihm Mr. Kiveat auch nur einen geringen Lohn.

Lang und flach lag Darin mit dem Rücken auf dem Rollbrett. Als er sich etwas zur Seite drehte, um nach einem Schraubenschlüssel zu angeln, sah er ein elegantes Paar Beine in die Werkstatt kommen.

Seine Mundwinkel krümmten sich zu einem Lächeln. Diese Beine hätte er überall erkannt. Ihnen hatte er mehr Aufmerksamkeit geschenkt als irgendeiner anderen Sache auf dieser Welt.

Schuhe mit so hohen Absätzen, daß sie nie den Staub der Straße zu berühren schienen, kamen direkt auf ihn zu geschlendert. Ein Ruck, und er rollte elegant unter dem Buick hervor.

Als Darin sich erhob, fuhr sie zusammen und wich einen Schritt zurück. Rasch setzte er den Kopfhörer ab und rückte seine Baseballkappe zurecht, um seine Narbe zu verbergen.

„He, Mrs. Kiveat", sagte er und schenkte ihr ein sanftes Lächeln.

„Darin, du hast mich erschreckt!"

Er wußte nicht, was er erwidern sollte. Wenn er etwas auf gar keinen Fall wollte, dann war es, sie zu erschrecken oder gar ihr Angst zu machen.

„Das tut mir leid, Mrs. Kiveat", murmelte er aufrichtig und sah ihr dabei in die Augen. Für ihn waren es die wunderschönsten Augen im ganzen Bezirk. Ach was! Sie mußte die schönste Frau der Welt sein. Sie war vollkommen . . . und er, er starrte sie schon wieder an.

Betreten ließ er den Kopf sinken und warf einen Blick auf seine Hände. Sie waren voller Schmiere. Immerzu waren sie voller Schmiere!

„Wo ist denn Frank?" fragte sie schließlich.

Diese Frage brachte ihn ein wenig aus der Fassung. Irgendwie hatte er gedacht, sie wäre *seinetwegen* gekommen . . . Zumindest hatte er das gehofft.

„Frank ist unterwegs, ein Auto abschleppen", erwiderte er schleppend und hob den Blick.

Er konnte einfach nicht anders – er mußte sie anstarren. Daß ihr das unangenehm war, spürte er, doch er konnte nicht anders. *Ein Gesicht, so schön wie ein Kunstwerk,* dachte Darin zum tausendsten Mal.

„Kann ich Ihnen bei irgendwas behilflich sein?" fragte er.

„Nein, nein." Hastig schüttelte Mrs. Kiveat den Kopf. „Wir wollten eigentlich nur zu Mittag essen."

Darins Gedanken überstürzten sich. Er konnte ihr doch etwas anbieten ... das würde ihr bestimmt gefallen. „Wenn Sie Hunger haben", stammelte er, „kann ich Ihnen was zu essen holen. Möchten Sie? Ich ... ich habe ein paar Doughnuts dabei. Sie sind zwar von gestern, aber sie schmecken immer noch. Ich ... habe gerade einen gegessen."

Darin mußte einen Schritt nach vorn gemacht haben, denn sie hob leicht abwehrend die Hände und wich zurück.

Und Darin wußte, warum.

„Oh, Mrs. Kiveat ..." begann er und senkte erneut den Blick auf seine schmutzigen Turnschuhe, die ihren makellosen Pumps peinlich nahe gekommen waren. „Über diese Dinge, die ich gestern gesagt habe, ich ... äh ..."

In diesem Augenblick tauchte ein Abschleppauto am Werkstattor auf, und Frank Kiveat, *sein* Boß und *ihr* Mann, kam hereingefahren.

Beim Anblick des Wagens machte Darin zwei große Schritte rückwärts.

Frank stieg aus der Fahrerkabine. Er war groß, recht ansehnlich und freundlich. *Ich* kann auch freundlich sein, dachte Darin in einer Welle von wildem Trotz.

„Tut mir leid, Schatz, daß ich so spät komme. Ich

mußte noch das Auto von dem Pizza-Jungen abschleppen."

Darin sah genau hin, als sie Frank einen Kuß gab. Jedesmal, wenn Mrs. Kiveat ihren Mann küßte, schaute er zu. Und jedesmal schien die Welt ein bißchen dunkler zu werden.

Jetzt wandte er sich ab, er konnte es nicht länger ertragen. Was hatte dieser Frank nur so Großartiges an sich?

„He, Darin." Franks Stimme holte ihn aus seinen Gedanken. „Ich habe gerade einen Anruf erhalten. Da will jemand zu dir. Sie haben gesagt, sie sind vom FBI."

Darin nickte ernst und zuckte mit den Achseln. Ließ sich nichts anmerken. „FBI, wie?" fragte er gelassen. „Vielleicht brauchen die einen guten Mechaniker."

Frank konnte sich ein Lächeln nicht verkneifen. Aus den Augenwinkeln erhaschte Darin einen letzten sehnsuchtsvollen Blick auf Mrs. Kiveat, während er sich mit hängenden Schultern davontrollte.

„Das ist also der, den's erwischt hat?"

Darin betrachtete das Foto von Jack Hammond, ein Foto aus besseren Tagen. Ein Foto für's Jahrbuch, wie es aussah – tadellose Frisur, breites Lachen, als gehöre ihm die ganze Welt. Darin haßte solche Lackaffen, diese Siegertypen. Ja, es war mehr als in Ordnung, daß er ihn . . . gegrillt hatte.

„Ganz schön schlimm“, nuschelte er.

Obgleich Mulder Darin das Bild gereicht hatte, gab der es an Scully zurück. Allerdings wollte er ihr dabei lieber nicht in die Augen sehen, weshalb er sich schnell seinen Werkzeugen zuwandte.

„Wie ist es denn passiert?“ fragte er, so beiläufig, wie er nur konnte.

„Es heißt, er sei vom Blitz erschlagen worden“, antwortete Mulder.

Ein Grinsen huschte über Darins Gesicht. „Ja, das passiert“, meinte er und schob sich vorsichtshalber einen Kaugummi in den Mund. Die beste Tarnung für zuckende Gesichtsmuskeln.

„Unmittelbar vor der Spielothek“, fuhr Mulder fort. „Und dabei war nicht eine einzige Wolke am Himmel.“

Mulder sah ihn an, als würde er ihn durchschauen, und Darin wurde verlegen. Das ist nur so ein fauler Trick, versuchte er sich zu beruhigen. Ein fauler FBI-Trick.

„Sie waren doch gestern abend dort, stimmt's?“

„Yeah“, nickte Darin. Je weniger er log, desto besser.

„Dann müssen Sie doch etwas gesehen haben.“

Darin hob bedauernd die Schultern. „Mann, wenn ich spiele – dann spiele ich, wissen Sie? Dann bin ich so vertieft, da könnte eine Atombombe losgehen, und ich würde nichts merken.“

Darin sah zu Scully hinüber. Auch sie hatte diesen durchbohrenden Blick.

Mulder schob die Hände in die Hosentaschen. „Darin, kann ich Ihnen mal eine persönliche Frage stellen? Glauben Sie, daß Sie Glück haben?"

„Ich?" Darin war verblüfft. „Glück?" Plötzlich hatte er das Gefühl, diese Leute vom FBI seien viel weniger intelligent, als man gemeinhin annahm. „Nein . . . ich glaube nicht."

„Nun, ich habe gerade an all die Leute denken müssen, die hier vom Blitz getroffen wurden." Mulders Fußspitze zeichnete unsichtbare Kreise auf den Boden. „Und Sie sind der einzige, der überlebt hat. Ist das kein Glück?"

Bei dieser Bemerkung fing Darins Narbe auf dem Kopf an zu jucken. Dieser Blitz hatte ihm ein ganz schönes Ding verpaßt, doch er war am Leben geblieben. Er war lebendiger als je zuvor . . .

„Ja, nun . . . äh, wenn Sie das so sehen, dann könnten Sie vielleicht recht haben. Dann habe ich vielleicht Glück."

Allmählich ging Darin diese Fragerei auf die Nerven. Er wollte seine Ruhe haben. Er wollte . . . Und da kam ihm eine Idee.

„Mulder!" Überrascht hob Scully die Stimme und deutete auf sein Jackett.

Aus seiner Jackentasche kam Rauch.

Darin kaute noch intensiver auf seinem Kaugummi, um sein höhnisches Grinsen zu vertuschen, während Mulder blitzschnell in die Tasche griff und ein glühendes Mobiltelefon hervorzog. Bläulicher Qualm stieg auf.

„Was ist denn passiert?“ Besorgt trat Scully einen Schritt näher.

„Ich weiß nicht!“ Mulder schnappte nach Luft und ließ das heiße Handy fallen. Als es auf dem Boden aufschlug, begann das Plastikgehäuse zu schmelzen. Die Innenteile schmorten ... sie schienen sich selbst zu zerstören.

Kopfschüttelnd rieb sich Mulder die verbrannte Hand. „Es ist ganz plötzlich heiß geworden.“

Darin warf einen bedächtigen Blick auf die Überreste des Telefons. „Hmm ... moderne Technik.“ Dann wandte er sich an Mulder. „Ich werde jetzt gehen. Hab noch einiges zu tun.“

Erneut schauten ihn die beiden Beamten durchdringend an, doch diesmal kam ihr Röntgenblick nicht mehr ans Ziel.

„Okay“, nickte Mulder. „Vielen Dank für Ihre Hilfe!“

„Schon gut“, brummte Darin und verließ gemächlichen Schritts die Werkstatt.

5

Der kleine Bungalow, den Darin Oswald und seine Mutter ihr Zuhause nannten, war der größte Schandfleck in der ganzen Nachbarschaft. Er war etwas windschief, und die Farbe blätterte ab. Zwischen den Gehwegplatten, selbst an der Eingangstreppe wuchs Unkraut, und der Unrat, der auf dem Hof herumlag, schien von einer längst vergangenen Zivilisation zu stammen.

Als Darin nach Hause kam, klebte seine Mutter wie immer vor der Glotze, ein fettes Kaninchen in Hypnose. Ungefähr vom selben Ausmaß wie die Couch, auf der sie lag, starrte sie mit ausdrucksloser Miene auf die bunten Bilder von einer Art Talkshow. Irgend jemand, der sich selbst unheimlich wichtig nahm, gab Auskunft über sein furchtbar aufregendes Leben. Als Darin hinter ihr in der Tür erschien, wechselte plötzlich das Programm.

Mühsam drehte Darins Mutter den Kopf und rief über die Schulter: „Laß den Quatsch mit der Umschalterei!“

Doch noch während sie das sagte, griff sie selbst nach der Fernbedienung, fand sie zwischen ihren

Fleischmassen und dem Sofa und warf ihrem Sohn einen verdutzten Blick zu.

Aber Darin nahm davon keine Notiz – er war viel zu sehr damit beschäftigt, eine Flasche kalten Kakao hinunterzustürzen. Während sie wieder zu ihrer Show zurückschaltete, behielt sie ihn im Blick.

„Wieso guckst du dir überhaupt solches Zeug an?“ blaffte Darin sie an. „Das sind doch alles jämmerliche Versager.“

„Zumindest haben sie es bis ins Fernsehen geschafft“, höhnte sie. *„Dich* habe ich da noch nicht gesehen.“

Statt einer Antwort rülpste Darin laut und ausgiebig.

Seine Mutter schüttelte resigniert den Kopf. „Manieren kosten nichts, Darin. Sie sind umsonst. Denkst Du, so kriegst du mal ein Mädchen? Was für eine soll denn so ein rülpsendes Trampeltier wie dich nehmen?“

„Du würdest ganz schön überrascht sein . . .“

Doch seine Mutter hatte ihre Aufmerksamkeit schon wieder dem Fernsehen zugewandt. Eines jedenfalls stand für Darin fest – in diesen Schmalspurprogrammen würde er niemals auftreten. Dafür war er sich zu schade. Er hatte etwas Besseres verdient. Er hatte größere Pläne.

Pläne, die Mrs. Kiveat mit einschlossen. Sie war die einzige Person, die es wert war, einen Platz in seinem Leben zu haben. Sie hatte ihn niemals schlecht behandelt, so wie die anderen. Sie hatte ihn nie für verrückt erklärt. In der Schule hatte sie über seine Witze gelacht, sie hatte sogar etwas in seine Hefte geschrieben. Dinge, die ihm Mut machen sollten. Dinge, die ihm zu verstehen gaben, wie sehr sie sich darum sorgte, wer er war und wer er sein könnte. Sie hatte in ihm das Gefühl geweckt, daß er doch etwas wert sei.

An der Tür ertönte Zeros unverkennbares Klopfen und riß Darin aus seinen Gedanken. Bevor er ging, warf er noch einmal einen Blick auf den Fernseher – und plötzlich war nur noch ein Rauschen auf dem Bildschirm. Damit hatte sich die Talkshow erledigt.

Darin stürmte aus dem Haus und über den Hof. Zero hatte alle Mühe, Schritt zu halten.

„Du wirst es nicht glauben, Mann“, ächzte Zero. „Du wirst es nicht glauben, *wer* heute dagewesen ist.“

„Laß mich raten“, erwiderte Darin. „Das FBI?“

Verblüfft blieb Zero stehen. „Woher weißt Du denn das?“

Darin schüttelte den Kopf. Er würde nie darüber hinwegkommen, wie beschränkt Zero doch sein konnte.

„Sie waren auch in der Werkstatt“, schnappte er.

„So? Wie sind sie denn auf dich gekommen?“

„Das wirst du mir gleich verraten“, knirschte Darin. „Du mußt ihnen was gesagt haben.“

Darin beschleunigte seine Schritte wieder. Zero, immer noch außer Atem, hatte Mühe, mitzuhalten.

„Nein, Mann, einen Dreck habe ich."

Jetzt waren sie auf freiem Gelände. Zu dieser Jahreszeit waren die Weiden um Darins Haus majestätisch, grün und saftig. Einst hatte das Land seiner Familie gehört – seinem Großvater, um genau zu sein. Doch sie hatten es verloren . . . So wie sie alles verloren hatten.

Darin sprang über den Stacheldrahtzaun, während Zero darunterher kroch.

„Warte doch!"

Darin stieg bis ganz auf die Anhöhe hinauf.

„He, Mann", japste Zero. „Du weißt doch, daß ich dir das nicht antun würde."

Ganz oben auf dem Hügel war ein kleines Plateau, wo eine Gruppe desinteressierter Kühe schlief. Es setzte Darin immer wieder in Erstaunen, daß Kühe im Stehen schlafen konnten.

„Ich glaube, du wärst jetzt lieber woanders." Darins Augen blitzten boshaft. „Ich habe gerade Lust, ein bißchen zu grillen."

Schaudernd sog Zero die Luft ein. „Nein, Mann, nicht schon wieder die Kühe!"

Darin warf ihm ein breites Grinsen zu.

„Bitte, tu's nicht! Nicht jetzt", bettelte Zero.

Seine Reaktion brachte Darin zum Lachen. Zero konnte so verdammt ulkig sein, wenn er jemandem etwas ausreden wollte.

Inzwischen erwachten die Kühe und begannen träge wiederzukäuen. Einige der Braungescheckten muhten. Sie hatten keinerlei Ahnung, was ihnen bevorstand.

Darin entfernte sich ein Stück von Zero und richtete den Blick zum Himmel, der so klar war, daß man jeden einzelnen Stern erkennen konnte. Doch plötzlich kam Wind auf, und zwischen Darin und dem Mond begannen sich winzige Wolken zu bilden.

Die Wolken ballten sich zusammen, luden sich statisch auf und verdunkelten sich dabei.

„Okay, ich höre.“ Mit herrisch gerecktem Kinn sah Darin zum Himmel hinauf. „Ich bin bereit, so komm auf mich herab!“

In wenigen Augenblicken löschten die Wolken die Sterne aus. Der Wind heulte auf, und die Kühe muhten lauter. Hoch droben gab es das erste Wetterleuchten.

„Ich hau hier ab!“ schrie Zero. Er nahm die Beine in die Hand und stürmte davon, so schnell er konnte.

„Na los doch! Ich warte!“ brüllte Darin zum Himmel empor. „Fang an!“

Er breitete die Arme aus und starrte weiter auf die dräuenden Wolken.

„Komm schon! Ich bin hier! Ich warte!“ Er streckte die Hände hoch in den Himmel.

„Na komm! Sprich zu mir!“

Und dann explodierte der Himmel.

In einem Trommelfeuer von Blitzen zerbarst die Welt in tausend Stücke.

Die Kühe um ihn herum verbrannten zu stinkendem Fleisch. Die Erde dröhnte. Doch es war noch nicht vorüber. Noch kam es. Noch . . .

WHAMM! Ein einzelner Blitzstrahl, der gewaltigste von allen, traf Darin selbst. Von seinem transformierten Gehirn angezogen, fuhr die Elektrizität in seine Fingerspitzen hinein, schoß durch ihn hindurch und wieder hinaus in den Boden.

Es brannte. Doch gleichzeitig war es wunderbarer als alles andere in der Welt. Solche Macht. Solche Macht zu fühlen.

Als der Blitz ihn verlassen hatte, brach Darin zusammen. Die Tortur hatte ihn völlig erschöpft. Doch selbst als er ermattet dalag, konnte er spüren, wie er von gewaltiger Kraft erfüllt wurde. Auch wenn sich sein Körper noch in einem Schockzustand befand und er sich kaum bewegen konnte, fühlte er *die Kraft* unaufhaltsam durch seine Adern fließen.

Zero kam zurückgerannt. Keuchend beugte er sich über Darin. „He, Kumpel! Bist du okay?"

Darin setzte sich auf. Er spürte die knisternde Energie noch in seinem Ohrring und in seinen Zahnfüllungen. Er spürte, wie die Luft um ihn herum aufgeladen war. Er fühlte sich wie der Mittelpunkt des Universums.

„Oh Mann, es geht mir prächtig . . ."

6

Sheriff Teller lief zwischen den toten Kühen herum, deren offene Augen die Überraschung über ihr plötzliches Ende auszudrücken schienen. Er hielt ein Mobiltelefon ans Ohr – eine der wenigen Konzessionen, die die Behörden von Connerville an den Fortschritt machten.

Projektdirektor Dean Greiner, sein langjähriger Freund vom Astadourian Blitz-Observatorium, war am anderen Ende der Leitung und gab ihm einen Bericht über das Gewitter vom Vorabend.

„Um-hm . . . hm . . . hm . . .", brummte Teller zustimmend. Dann sah er Scully und Mulder in einer dunklen Limousine die Anhöhe hinaufrollen.

„Kannst du mir das in mein Büro rüberfaxen?" fragte er ins Telefon, während er langsam auf das Auto zuging. „Jetzt gleich, wenn es möglich ist. Danke, Dean!"

Teller klappte das Handy zu und steckte es ein. Auf dem Weg zu den beiden FBI-Beamten kam er an einer weiteren toten Kuh vorbei. Grünschillernde Schmeißfliegen surrten um sie herum.

Teller war verwirrt. Wenn er ehrlich war, hatte sein Job noch nie etwas Vertrackteres zu bieten gehabt. In

Connerville gab es so gut wie keine Kriminalität, nur gelegentlich war jemand betrunken oder verhielt sich ordnungswidrig, nur selten gab es Randale. Nicht, daß die Einwohner vom Connerville so besonders rechtschaffen gewesen wären – es gab nur nichts in der Stadt, für das sich ein Diebstahl gelohnt hätte.

Dennoch war das hier immer noch sein Terrain, und er hatte nicht die Absicht, sich das Heft so ohne weiteres aus der Hand nehmen zu lassen.

Und diese Einstellung konnte Scully förmlich spüren, als sie und Teller sich begrüßten.

„Was ist denn hier passiert, Sheriff?“ Scully blickte sich um.

Teller zeigte auf die Tiere, die am Boden lagen. „Drei tote Kühe.“ Er konnte sich das Grinsen nicht verkneifen. „Was glauben Sie, wodurch sie umgekommen sind?“

„Blitzschlag?“ fragte Mulder gleichmütig.

Sheriff Teller nickte. „Stimmt! Ich habe gerade mit Dean Greiner vom Observatorium gesprochen. Das liegt übrigens ctwa eine Meile von hier hinter diesem Wald.“ Seine Hand wedelte an den beiden Agenten vorbei in Richtung Waldsaum.

Mulder drehte sich um und kniff die Augen zusammen, als wolle er durch die Bäume hindurch sehen.

„Haben sie gestern abend Blitze gemeldet?“ wollte Scully wissen.

„Jeden einzelnen Blitz auf dem ganzen Planeten können sie wahrnehmen", erläuterte Teller. „Sie alle senden Radiowellen aus, auf der exakt gleichen Frequenz . . ."

„Die Schumann-Resonanz", warf Mulder dazwischen, wobei er sich wieder dem Sheriff zuwandte. „Acht Perioden pro Sekunde. Man kann sie sogar mit einem Transistorradio empfangen."

Diese Unterbrechung brachte Sheriff Teller sichtlich aus der Fassung. Verdutzt starrte er Mulder an.

Dieser griente: „Sehen Sie, Sheriff? Ich habe meine Hausaufgaben gemacht."

Sheriff Teller schien nicht beeindruckt. „Da besteht gar kein Zweifel, daß diese Kühe durch Blitzschlag getötet wurden", brummte er. Wie Jack Hammond und die anderen auch.

Mulder beugte sich über die tote Kuh vor ihnen. „Hm, so hat es zumindest den *Anschein* . . ."

„So *ist* es", widersprach Teller. „Lassen Sie mich Ihnen noch etwas anderes zeigen!"

Teller ging ein paar Meter weiter zu einer kahlen Stelle inmitten der Grasfläche, die sich deutlich von ihrer Umgebung abhob. Scully und Mulder folgten ihm. Mit dem Fuß stieß Teller etwas Erde beiseite.

„Sehen Sie das?" Mit der Schuhspitze deutete er auf den nackten Fleck am Boden. „Wissen Sie, was das ist? Hm?" Er holte tief Luft und wollte erklären, was es mit dieser Röhre auf sich hatte. Eine Röhre, die aussah, als wäre sie von einer tiefgehenden Pfahlwurzel geformt worden.

„Sieht aus wie ein Fulgurit“, kam ihm Mulder erneut zuvor und hockte sich hin, um die Stelle genauer zu mustern.

Verstimmt atmete Sheriff Teller wieder aus.

„So etwas entsteht nur durch Blitzeinschlag“, fuhr Mulder fort. „Wenn die beim Einschlag entstehende Hitze Sand schmelzen läßt, der dann zu Quarzglas erstarrt.“

Sheriff Teller nickte. „Brauchen Sie nun noch mehr Beweise? Hmmm?“

Ohne zu antworten, wischte Mulder weitere Erde von der Blitzröhre.

Teller setzte nach: „Ich würde sagen, unser Geschäft hier ist somit beendet!“ Mit diesen Worten drehte er sich um und ging entschlossenen Schritts zu seinem Auto.

Scully wandte sich an ihren Partner. „Mulder“, begann sie zögernd, „ich muß sagen . . . ich glaube, er hat recht.“

„Sie glauben, wir vergeuden unsere Zeit?“ fragte Mulder und fingerte dabei in der kalten Erde herum. „Daß wir einen Blitz verfolgen?“

„Wir haben doch den Beweis. Was hätte es denn sonst sein sollen?“

„Das weiß ich noch nicht", brummelte Mulder, während er kräftig zerrte und ruckte – es knackte, und er zog ein langes Stück schwarzes Glas aus der Erde. Den daran haftenden Sand wischte er ab und hielt es dann Scully hin. „Aber es ist das erste Mal, daß ich sehe, daß ein Blitz einen Fußabdruck hinterlassen hat."

Scully kniff die Augen zusammen. In dem rauhen, schwarzen Glas konnte sie ohne jeden Zweifel ein gezacktes Muster erkennen.

Der partielle Abdruck eines Schuhs.

Sie befühlte das Glas, um sicherzustellen, daß der Abdruck auch tatsächlich da war und nicht bloß eine optische Täuschung. Dann suchte sie Mulders Blick, doch ihr Partner war in Gedanken bereits woanders.

„Warum gehen Sie damit nicht ins Polizeilabor und lassen einen Gipsabdruck machen", schlug er vor und spähte wieder in Richtung Wald. „Ich komme dann später nach."

7

„Was können Sie mir über Blitzschlag in Connerville sagen?“

„Nur daß es immerzu geschieht, das ganze Jahr über.“

Mulder wurde von Dr. Dean Greiner im großen Atrium des Astadourian Blitz-Observatoriums empfangen. Das Gebäude war tief in ein Wäldchen hoher Eichen eingebettet, wo es vor neugierigen Blicken verborgen war. Sein fahles, steriles Äußeres wurde etwas ausgeglichen durch eine seltsame Anlage auf dem Dach – eine Art Mischung zwischen Radarantenne und Mikrowellensender. Das Dach war übersät von Blitzableitern, so daß es aussah wie ein riesiges Nagelbrett.

Im Inneren beherbergte ein mit Schautafeln überladenes Atrium eine Ausstellung über die Geschichte der Elektrizität, eine Ausstellung, wie sie eigentlich von Schulkindern besucht wurde. Doch Mulder vermutete, daß Schulkinder hier gar keinen Zutritt hatten.

Hinter seinem leicht ergrauten Bart lächelte Greiner. „In der Gegend hier gewittert es immerzu“, bemerkte er.

„Und wieso ist das so?“

Greiner hob die Schultern. „Das wollen wir ja gerade herausfinden.“

Mulder warf einen Blick hinauf durch das Oberlicht, an dem ebenfalls ein Blitzableiter angebracht war. Durch das Glas konnte Mulder die unförmige Apparatur sehen, die das Dach zierte.

„Sind die Blitzableiter alle notwendig?“

„Blitze lassen sich nicht vorherbestimmen“, erklärte Greiner. „Und je mehr Blitzableiter wir haben, desto wahrscheinlicher ist es, daß sie ihren Weg zu uns finden.“

Greiner begann, zwischen den Schaukästen im Atrium auf und ab zu gehen. Mulder folgte ihm und registrierte die Verschiedenartigkeit der Blitze, die hier dargestellt waren. Ein Tesla-Transformator schien Elektrizität aus der Luft zu ziehen. Die Metallverbindungen einer Jakobsleiter schienen durch zwei parallele Lichtbögen miteinander verbunden zu sein. Greiner war offenbar stolz auf diese Sammlung, und das mit Recht. Mulder fragte sich, ob er mit seinem Wissen auch fürsorglich umging.

„Was ist denn das für eine Anlage, da auf dem Dach?“ fragte Mulder.

Für einen kurzen Augenblick zögerte Greiner. „Chemische Aufladung“, gab er schließlich zur Antwort. „Ein Naßelement.“

„Sie meinen, das ist eine Batterie?“ Mulders Stimme spiegelte seine Verblüffung wider.

Mit einer raumgreifenden Geste wies Greiner auf das gesamte Atrium hin. „Dies alles hier wird mit Elektrizität betrieben, die wir von Blitzen gewinnen, Mr. Mulder. Sie schlagen in unsere Blitzableiter ein, und wir bändigen sie. Das Ganze ist natürlich noch nicht sehr effizient, doch wir arbeiten daran.“

„Und was ist mit den Blitzen, die nicht Ihre Blitzableiter treffen?“

Als Greiner diese Frage vernahm, drehte er sich langsam zu Mulder um. Während er ihn eingehend musterte, erstarrte seine freundliche Miene zu einer kalten Maske der Höflichkeit.

„Was immer die Leute auch denken mögen, wir machen die Blitze nicht! Wir studieren sie nur“, erwiderte er kühl. „Mit diesen Tragödien, die sich hier in der Stadt abgespielt haben, haben wir nichts zu tun. Schon lange bevor wir herkamen, hat es in dieser Gegend eine ungewöhnliche Häufigkeit von Blitzen gegeben.“

Mulder lenkte ein bißchen ein, doch Greiners Gesicht behielt seinen reservierten Ausdruck.

„Das ist mir schon klar“, sagte Mulder. „Ich habe mich nur gefragt, ob Sie sich hier auch Aufzeichnungen über Blitzschlag-Opfer machen, nicht nur bezüglich Connerville, sondern weltweit.“

Greiner zuckte mit den Achseln und wischte die Frage beiseite. „Das sind nur Zahlen in unserem Computer. Ich kann nicht erkennen, was sie für einen Nutzen für Sie haben könnten.“

„Ich würde gern Ihre Aufzeichnungen über Leute sehen, die mehr als einmal vom Blitz getroffen wurden und überlebt haben . . . Um zu sehen, ob es da irgendwelche Gemeinsamkeiten gibt.“

Zunächst hatte es den Anschein, als ob Greiner von diesem Anliegen alles andere als begeistert wäre, doch dann brach er in schallendes Gelächter aus. Mulder war sich nicht sicher, ob Greiner tatsächlich amüsiert war oder ob er nur lachte, um seine Beunruhigung zu verbergen.

„Agent Mulder“, sagte Greiner übertrieben geduldig, „wir sind ein personell unterbesetztes, finanziell ungenügend ausgestattetes *wissenschaftliches* Institut. Wenn Sie nach so etwas wie Voodoo suchen, dann sind Sie hier fehl am Platze.“

Mulder warf einen Blick auf die Bronzestatue eines Blitze schleudernden Zeus. Manchmal haben sogar Mythen einen realistischen Hintergrund, dachte er unwillkürlich. „Ich rede keinen Unsinn, Dr. Greiner. Ich suche logische Erklärungen für Dinge, die wir nicht verstehen können.“

Greiner konnte ihm nur ein knappes Achselzucken und seine leeren, nach oben gekehrten Handflächen bieten. „Nun, dann sieht es ganz danach aus, als müßten Sie mit Ihrer Suche von vorn anfangen. Es tut mir leid, aber hier haben wir keine Antworten für Sie."

Mulder konnte nicht recht sagen, ob der Wissenschaftler ein Gegner war . . . ein Verbündeter war er jedenfalls nicht. „Haben Sie vielen Dank für die Zeit, die Sie mir geopfert haben, Dr. Greiner!"

Mulder machte ein paar Schritte, doch bevor er den Raum verließ, wandte er sich noch einmal zu Greiner um.

„Übrigens ist das eine erstaunliche Einrichtung, die Sie hier haben", lächelte er und strich dabei mit der Hand über ein poliertes Messinggeländer. „Keiner käme je auf den Gedanken, daß Sie hier nicht genügend finanzielle Mittel zur Verfügung hätten."

Im Polizeilabor im Wharton County Building wartete Scully darauf, daß der Fulguritabdruck trocknete. Sie probierte, ob der Gips hart geworden sei, und als Mulder eintraf, war er gerade durchgetrocknet. Na, sagte sie sich, das ist wenigstens etwas Reales, dem wir weiter nachgehen können. Vorsichtig trennte sie den Gipsabdruck vom Fulgurit und drehte ihn um. Zum Vorschein kam die perfekte Kopie von einem Stück Schuh, der in Glas gesteckt hatte.

„Wenn man bedenkt, daß es nur ein Teilabdruck ist", meinte sie zu Mulder, „dann steckt doch schon viel an Information drin."

Sie nahm einen Pinsel und wischte ein paar lose Krumen Gips und Schmutz weg. „Sieht ganz nach einem Militärstiefel aus . . . einem Männerschuh . . ." Sie sah noch genauer hin. „Größe Zweiundvierzig."

Mulder war beeindruckt. „Zweiundvierzig? Das ist ja phänomenal, Scully!"

Spitzbübisch griente sie ihren Partner an. Sie wußte, daß er sie schätzte, er zeigte sich allerdings so selten beeindruckt, daß sie für einen Augenblick versucht war, ihm nicht die volle Wahrheit zu sagen. Doch wie gewöhnlich gewann ihre Ehrlichkeit die Oberhand. „Naja, Mulder . . . es steht hier." Sie tippte auf die Stelle, wo die Schuhgröße in die Sohle eingeprägt war.

Mulder lachte. „Schade! Und ich wollte Skinner schon sagen, Sie hätten eine Beförderung verdient."

„Ich hab aber noch was Besseres", fuhr sie fort und langte nach einem kleinen Plastikgefäß. „Als ich die Prägung gesäubert habe, sind mir winzige Spuren einer dicken Flüssigkeit aufgefallen, die in dem Fulgurit eingeschlossen waren."

Sie gab Mulder die kleine Dose, und er hielt sie gegen das Licht.

„Und was ist das?" fragte er, während er das grüne Tröpfchen betrachtete.

„Um hundertprozentig sicherzugehen, muß ich eine chemische Analyse durchführen . . . aber es sieht nach einem Frostschutzmittel aus."

Mulder nickte, als wären für ihn die Teile eines Puzzles plötzlich an die Stelle gerückt, an der sie paßten. „Darin Oswald“, sagte er gedehnt.

Scully mußte ihm recht geben – doch zugleich erschien es ihr unfaßbar. „Aber wie?“ Sie runzelte die Stirn.

„Ich weiß es nicht, Scully.“ Mulder zuckte die Achseln. „Spielen wir Aschenputtel . . . Lassen Sie uns sehen, ob der Schuh paßt!“

8

Eine einzelne Ampel hing an einem Drahtseil über der Kreuzung der Kreisstraße A 7 und dem Connerville Paß. Ursprünglich war es eine Kreuzung von gleichberechtigten Straßen gewesen, an der das übliche Rechts-vor-Links galt – was für die Einöde hier draußen auch völlig ausreichend war. Doch im Laufe der Jahre hatten sich immer mehr Leute eingebildet, daß eine Ampel ganz hilfreich sein könnte, bis die Stadt schließlich eine anbringen ließ.

Das Seltsame an der Sache war jedoch, daß die Kreuzung damit nicht sicherer geworden war. Im Gegenteil, in den letzten Monaten hatte die Zahl der Unfälle sogar zugenommen.

An diesem Tag, an einem Tag wie jedem anderen, fuhren wieder zwei Autos gleichzeitig auf die Kreuzung zu. Der braune Chrysler hatte Grün und verringerte seine Fahrt nicht im mindesten. Der blaue Impala auf der anderen Straße hatte etwas abgebremst – doch der Fahrer gab erneut Gas, als die Ampel auf Grün sprang . . . Und jetzt signalisierte die Ampel nach allen vier Seiten freie Fahrt.

Die Autos rasten auf die Kreuzung zu . . . und dann

zerriß das Quietschen von Reifen die ländliche Stille. Bei dem Versuch, eine tödliche Kollision zu vermeiden, gerieten beide Wagen außer Kontrolle.

Doch das Schicksal war noch einmal gnädig, und die Autos verfehlten sich nur um Haaresbreite.

„Was ist denn mit Ihnen los? Sind Sie verrückt?“

„Sie glauben wohl, die Straße gehört Ihnen ganz allein?“

Die Fahrer schrien sich an. Dann rasten sie weiter und tobten ihre Wut am Gaspedal aus.

Darin Oswald kicherte vor sich hin. Sein Sitzplatz war gut gewählt – auf der Kante einer nicht mehr benutzten Werbetafel war es wie auf der Haupttribüne bei einem Demolition Derby. Nur . . . daß dieses Spiel hier noch viel mehr Spaß machte. Man konnte nie vorhersagen, wie die Leute reagieren würden. Und da Darin die meisten Leute kannte, die über die Kreuzung kamen, versetzte es ihn in eine ganz besondere Erregung, wenn er sie das Derby austragen ließ.

Nicht auf jedermann war Darin böse – nur auf die Leute, die es verdienten. Wie all die Klassenkameraden, die ihn wie Abschaum behandelt hatten. Und all die Krämerseelen, die ihn jedesmal argwöhnisch beäugt hatten, wenn er ihre Läden betrat. Und all die Leute in der Stadt, die ihm freundlich zulächelten und sich hinter seinem Rücken über ihn lustig machen. Alle, alle taten sie das . . . er wußte es genau. Und deshalb war er auch der felsenfesten Überzeugung, daß es jeder von ihnen verdient hatte. Sie hatten alle den Tod verdient. Wie dieser Pizza-Junge, den er verschmort hatte – er hatte mit ihm nicht mehr Mitleid als mit einer Motte, die in einem Insektentöter brutzelt.

Kurz nachdem die beiden Autos fort waren, schaute Darin nach unten und sah, wie Zero die rostige Leiter hochgeklettert kam, die zu seinem Ansitz hinaufführte. Der nur aus ein paar Holzlatten bestehende Rand würde das Gewicht von beiden kaum aushalten, doch es war einfach ein herrlicher Platz. Hier hatte Darin immer Ruhe und Frieden gefunden . . . und sein neuentdecktes Talent machte diesen Ort nur noch interessanter.

Als er wieder zur Kreuzung guckte, sah er erneut zwei Autos auf sie zu kommen. Zwei nagelneue Modelle, mit ABS, ganz ohne Zweifel. Wollen doch mal sehen, ob dieses Bremssystem tatsächlich hält, was es verspricht, feixte Darin in sich hinein, während Zero neben ihm Platz nahm.

„He, Alter, was gibt's Neues?“ nuschelte Zero. Das war seine stereotype Begrüßungsformel und keine richtige Frage.

„Weiß nicht“, murmelte Darin. „Eigentlich nichts.“

Darin sandte einen Gedankenimpuls aus, und die Ampel gehorchte: der Jeep Cherokee fuhr dem Minivan beinah voll in die Seite, doch beide Autos kamen gerade noch rechtzeitig zum Stehen, um sich dann sinnlos anzuhupen. Dieses Antiblockiersystem taugt also doch, dachte sich Darin und unterdrückte ein Gähnen.

„Ich glaube, wir sollten irgendwoanders hingehen", meinte Zero. „Weg aus diesem Nest hier. Vielleicht mal nach Las Vegas." Er grinste. „An so einem Ort könntest du mal was *Richtiges* anstellen."

Darin schüttelte den Kopf. „Ich gehe nicht nach Las Vegas! Ich gehe nirgendwohin . . . nicht ohne Mrs. Kiveat. Nicht ohne Sharon."

Bloß ihren Namen auszusprechen, verlieh ihm schon ein gutes Gefühl, als genüge allein ihr Name auf seinen Lippen, um ihr näher zu sein.

Zero verdrehte die Augen.

„Was veranlaßt dich zu der Annahme, sie würde mit dir überhaupt irgendwo hingehen? Sie hat dich doch sogar einmal sitzen lassen, weißt du noch?" erinnerte ihn Zero. „Sie hält dich für ein bißchen beschränkt."

Das war etwas, worüber Darin selbst schon häufig nachgedacht hatte. Und er war zu dem Schluß gekommen, daß die Tatsache, daß er bei ihr in der Englischprüfung durchgefallen war, noch lange nicht bedeutete, daß er ihrer Liebe nicht wert sei. Im übrigen . . . was machte es schon aus, ob er viel Grips hatte oder nicht, wenn er doch diese unglaubliche Fähigkeit besaß?

„Vergiß die Schule, Mann“, knurrte Darin. „Ich rede davon, ihr meine Liebe zu beweisen.“

„Und wie willst du das tun?“

Darin blickte in die Ferne, über die Kreuzung hinweg und sah keine Autos und keine Ampel mehr. „Indem ich sie wissen lasse, was ich fühle. Indem ich ihr sage, daß ich immer nur an sie denke.“

Irgendwie war Darin froh, daß Zero gefragt hatte. Darüber zu sprechen, ließ seinen Entschluß nur noch stärker werden.

„Entschuldige, Romeo“, spöttelte Zero, „aber da gibt's noch ein kleines Problem. Sie ist verheiratet, und zwar mit deinem Boß.“

Darin zog die Knie dicht an seinen Brustkasten und schlang die Arme darum. „Kein Problem.“

„Wieso ist denn das kein Problem?“

„Ich kann mich um ihn kümmern“, sagte Darin achselzuckend. „Ich könnte ihn ja verschmoren.“

Diese Idee schien Zero ganz und gar nicht zu gefallen. „Mann, er ist doch dein Boß!“

„Nein, wenn er tot ist, nicht mehr.“ Der Gedanke war gar nicht so unangenehm. Ganz und gar nicht. Er ließ ein irres Kichern in Darins Brust aufflackern.

„Bist du bescheuert?“ fuhr Zero ihn an. „Wo die vom FBI hier rumhängen? Vergiß es einfach, okay?“ Seine Stimme klang jetzt vollkommen ernst. „Mit Frank kannst du es nicht aufnehmen. Er sieht gut aus, hat seinen eigenen Laden, und er bringt Dinge *in Ordnung"* – Zero warf einen Blick auf die Kreuzung – „statt alles kaputt zu machen. Glaubst du, sie gibt so einen wie den einfach auf?"

Die Richtung, in die das Gespräch jetzt ging, gefiel Darin nicht. Und was ihn noch mehr irritierte, war die Tatsache, daß Zero in manchen Punkten recht hatte.

„Eine Frau wie die will etwas Besonderes", fuhr Zero unbeirrt fort.

Darin konnte ihn nicht ansehen. „Ich *bin* etwas Besonderes!"

Auch Zero hielt den Blick abgewandt. „Ja ... stimmt", mußte er zugeben.

In der Ferne kam ein kleiner Lastwagen über den Hügel. Auf dem Connerville Paß näherte sich ein weißer Ford der Kreuzung.

„Wart's ab", flüsterte Darin, „ich werde Mrs. Kiveat schon zeigen, wie besonders ich bin."

Zero sah ihn lange an. „Und wie willst du das anstellen?" Seine Stimme schien ein wenig zu schwanken.

Ein teuflisches Lächeln huschte über Darins Gesicht. „Ich habe mehr Möglichkeiten, als du dir vorstellen kannst." Er wandte seinen Blick den Autos zu. Auf einmal bekam das Demolition Derby eine neue Dimension ... es brauchte nicht bloß ein Spiel zu sein ... es konnte zum Bestandteil eines Plans werden. Eines brillanten, fürchterlichen, wundervollen Plans. Während er darüber nachdachte, wurde sein Grinsen immer breiter. In der Schule hätte ihm ein solcher Plan die Bestnote eingebracht.

Und das Allerbeste daran war, daß Sharon Kiveat nun bald wissen würde, *wie* besonders er war.

Die beiden Autos waren der Kreuzung schon ziemlich nah. Darin konzentrierte seine Sinne auf die Ampel. Er fühlte, wie seine elektrische Aura kribbelte, eine tödliche elektrostatische Ladung, die jetzt zum Einsatz kam. Er schaltete die Ampel für alle Richtungen auf Grün.

Dann zählte er rückwärts: „Fünf . . . vier . . . drei . . . zwo . . . eins . . .“

WHAMM!

Der Laster rammte den Ford in die Beifahrerseite, und zwar mit solcher Wucht, daß er sich überschlug und mit Totalschaden im Graben landete. Der Laster geriet ins Schleudern und verlor seine Ladung. Nach allen Seiten flogen Kohlköpfe. Schließlich kam der Wagen von der Straße ab, raste gegen einen Telefonmast und blieb dampfend stehen.

Darin amüsierte sich königlich. „Wow . . . das war klasse!“ johlte er und erhob sich. „Das war echt klasse!“

Zero grinste gekünstelt. Er schien nicht sonderlich begeistert zu sein.

Darin knuffte ihn leicht in die Seite. „Was ist los mit dir, Mann?“

Keine Antwort.

„Na los, komm schon“, drängte Darin, „laß uns die Sache mal ansehen gehen!“

9

Der blitzende Mietwagen von Scully und Mulder wirkte auf dem schäbigen Rasen vor Oswalds Haus reichlich fehl am Platz.

Drinnen ging Darins Mutter den beiden Beamten voraus. Die knarrende Tür, die sie am Ende des Korridors öffnete, führte in die abgestandene Luft von Darins Zimmer.

„Darin ist ein Taugenichts, das gebe ich zu . . . aber er würde niemals was Böses tun“, erklärte sie den beiden. „Was soll er denn überhaupt ausgefressen haben?“

Scully und Mulder sahen einander an. Lieber noch nicht darüber reden.

„Können wir uns ein wenig umsehen, Mrs. Oswald?“ Mulders Stimme war sanft.

Die Frau trat zurück und ließ die beiden Agenten allein. Mulder schloß die Tür hinter sich und Scully.

In diesem Zimmer sah es noch schlimmer aus als in den übrigen Räumen des Hauses. Selbst das Tageslicht, das durch die stockigen Gardinen sickerte, wirkte kalt. Das Bett war nicht gemacht, der Fußboden war ein Hindernisparcours aus Autoteilen und schmutziger Wäsche. An der Decke klebte ein riesiges Nightwalkers-Poster, und die Wände stellten eine ramponierte Collage von Darin Oswalds Leben in Einsamkeit dar. Selbst Darins Aquarium war ein Manifest der Hoffnungslosigkeit – keinen einzigen Fisch konnten Scully und Mulder in dem trüben, zähen Wasser erkennen.

Mulder betrachtete die Bilder an der Wand. Die meisten davon stammten aus Magazinen – Orte, die Darin nie aufsuchen würde, und berühmte Leute, denen er niemals begegnen würde. Ein Schwarz-Weiß-Foto, das zwischen den Farbbildern völlig aus dem Rahmen fiel, erregte Mulders Aufmerksamkeit. Die darauf abgebildete Frau war genauso hübsch wie die Models an der Wand, doch ihr Lächeln schien warm und echt zu sein.

Mit geübtem Blick durchforschte Scully Darins Schrank, bis sie schließlich einen abgetragenen Turnschuh zum Vorschein brachte.

„Mulder, wir haben die passende Größe."

„Zweiundvierzig?"

Sie nickte. „Das beweist aber noch nicht, daß er Jack Hammond umgebracht hat."

Als Scully bemerkte, wie Mulder die schönen Models an Darins Wand eingehend betrachtete, mußte sie grinsen. „Schon was gefunden, das Ihnen zusagt?"

„Ich weiß nicht", erwiderte er ratlos. „Scully, was stimmt mit diesem Bild hier nicht?"

Scully nahm das Schwarz-Weiß-Foto von der Wand. „Wer ist sie? Mulder, was meinen Sie?“

„Keine Ahnung, aber es sieht aus, als handele es sich um eine Art Jahrbuchfoto.“

Sofort ging Scully zum Schrank zurück und holte ein Jahrbuch heraus, das ihr bei der Suche nach dem Schuh aufgefallen war. Es war nicht schwer, die Seite zu finden, von der das Bild stammte – unter dem Loch, wo es herausgeschnitten worden war, stand ein Name.

„Sharon Kiveat“, las sie laut.

Kiveat . . . Den Namen kannten sie.

Als der Funkruf kam, trank Frank Kiveat gerade einen Becher Kaffee in seinem Abschleppwagen. Er legte den ersten Gang ein, trat aufs Gas und fuhr den Connerville Paß in die Richtung, wo er sich mit der Kreisstraße kreuzte.

Er hatte aufgehört zu zählen, wie oft er in letzter Zeit dort gewesen war, um die Überreste von einem schlimmen Unfall wegzuräumen. Als er das letzte Mal draußen gewesen war, hatte er wieder einmal gedacht, daß der Zustand der Kreuzung untersucht werden sollte – vielleicht konnte man feststellen, ob es nicht doch einen Grund für die Karambolagen gab. Er hatte sogar erwogen, einen Brief an den Bezirks-Planungsausschuß zu schicken.

Doch heute hatte er andere Sorgen – der Junge ging

ihm nicht aus dem Kopf. Darin Oswald. Beim Lunch gestern war seine Frau unruhig gewesen, nervös. Und als er sie nach dem Grund gefragt hatte, hatte sie Darins Namen erwähnt und dann das Thema gewechselt.

Auf Drängen seiner Frau hatte Frank den jungen Oswald vor einigen Monaten eingestellt und hatte seitdem einen Narren an ihm gefressen. Etwas an Darins Unbeholfenheit und seiner absoluten Unkenntnis sozialer Normen hatten in Frank eine Art väterlichen Beschützerinstinkt geweckt, einen Zug, den er bislang gar nicht an sich gekannt hatte.

Wenn Darin seiner Frau jedoch Unbehagen bereitete, dann hatte sich die Sache erledigt. Dann mußte er fort. Da heute Darins freier Tag war, hatte Frank noch ein paar Stunden Zeit, sich eine Ausrede auszudenken. „Das Geschäft läuft schlecht“, konnte er kaum sagen, denn es stimmte nicht. Er mußte sich also etwas Überzeugenderes einfallen lassen.

Frank erreichte den Unfallort kurz nach den Krankenwagen. Noch während er anhielt, versuchte er, sich ein Bild zu machen. Ein Ford, neuestes Modell, im Straßengraben. Ein alter kleiner Laster an einem Telegrafenmast. Selbst hier draußen, in dieser Einöde, hatte sich eine Menge Schaulustiger versammelt.

Frank zog die Handbremse an und stieg aus. Er ging auf einen Deputy zu, der die Autos, immer ein paar auf einmal, über die Kreuzung winkte.

„Was ist passiert?“ Frank tippte grüßend an seine Mütze.

„Ein junger Bursche hat sich überschlagen“, gab der Deputy zur Antwort, während er Frank kurz anschaute und dann seine ganze Aufmerksamkeit wieder dem Verkehr zuwandte. „Hat gerade erst den Führerschein bekommen. Den hat’s ganz schön erwischt.“

„Armer Kerl“, murmelte Frank. Ereignisse wie diese rückten alles wieder in ein ganz anderes Licht. Vielleicht sollte er doch noch damit warten, Darin zu entlassen . . . zumindest bis er Gelegenheit gehabt hatte, die Angelegenheit mit Sharon zu besprechen. Vielleicht hatte er sie mißverstanden. Vielleicht konnten sie die ganze Sache aufklären, wenn sie einfach . . .

Ein brennender Schmerz schoß ihm in die Brust und vertrieb jeden Gedanken. Er rang nach Luft, verzerrte das Gesicht und atmete langsam wieder aus.

Was war denn das? fragte er sich und holte noch einmal – diesmal etwas langsamer – tief Luft. Er fühlte, daß seine linke Schulter taub geworden war. *Bitte . . . kein Herzanfall!* Sharon hatte ihn schon oft gebeten, er solle nicht so fett essen, und vielleicht war es an der Zeit, daß er langsam auf sie hörte.

„Seid ihr bereit, für mich die Straße abzusperren?“ fragte er den Deputy mit gequälter Stimme.

„Ich habe nur den Verkehr zu regeln.“ Der Deputy ließ kein Auge von den vorüberrollenden Autos. „Sie sollten sich lieber mit dem Sheriff in Verbindung setzen!“ Mit dem Kinn wies er zum demolierten Laster, wo Sheriff Teller damit beschäftigt war, den Unfall aufzunehmen.

Frank konnte nicht antworten. Der Schmerz hatte nicht nachgelassen, sondern war eher noch stärker geworden. Er rieb sich die Brust und atmete immer schneller.

„He, Mister“, sagte der Deputy alarmiert, „sind Sie okay? Sie sehen gar nicht gut aus.“

Frank wollte gerade zugeben, daß er sich schlecht fühle, als er plötzlich am Rand der Menge ein vertrautes Gesicht erblickte.

Darin Oswald.

Das ist ja seltsam, dachte Frank unwillkürlich und suchte Darins Blick. Was macht der denn hier . . .

Plötzlich fühlte Frank, wie Darin ihm tief in die Brust fuhr und die Hitze von einem schwachen Brand in ein Inferno verwandelte.

Wie war das möglich? Was war los? Darin war doch zwanzig Yards entfernt!

Dennoch wußte Frank, so gewiß, als stünde er unmittelbar neben ihm, daß Darin . . . ihn . . . umbrachte!

Hilfesuchend wandte er sich an den Deputy und öffnete den Mund, um zu sprechen. Doch alles, was er herausbrachte, war ein Schmerzensschrei, als ein erneuter sengender Stich in seine Brust zuckte und sein Bewußsein auslöschte . . . Wie ein Sack Sand stürzte er dem Deputy in die Arme.

Zusammen mit anderen Schaulustigen beobachtete Darin aus einiger Entfernung, wie das Drama seinen Lauf nahm.

„Darin, was geht da vor sich?“ Zero trat nervös von einem Fuß auf den anderen. Doch Darin ignorierte ihn einfach.

Frank Kiveat zuckte das Herz nur noch als nutzloser Muskel in der Brust. Der Deputy rief die Sanitäter, die in der Nähe standen und sofort zur Hilfe kamen. Sie beugten sich über die gekrümmte Gestalt auf dem mit Glassplittern übersäten Asphalt.

Darin grinste. Da können sie nichts tun, dachte er vergnügt. Fast hätte er ein Liedchen gepfiffen. Machen sich nur lächerlich.

„Was ist passiert?“ rief einer der Sanitäter.

Der Deputy richtete sich auf und wich etwas zurück. „Er ist einfach zusammengebrochen!“

Darin trat näher, um besser sehen zu können. Der Sanitäter legte Frank die Hand um den Hals, um den Puls zu fühlen.

Gebannt starrte Zero auf den niedergestreckten Mann und dann wieder auf Darin . . . hin und her und hin und her, als würde er ein Tennis-Match verfolgen.

„Kein Puls!“ schrie der Sanitäter. „Hol dic Ausrüstung!“

Als der zweite Sanitäter zum Krankenwagen rannte, holte Darin tief Luft und setzte sich ebenfalls in Bewegung. Zero packte ihn am Arm. „He, Mann, was machst du bloß? Laß uns hier verschwinden!"

Zero stand kalter Schweiß auf der Stirn. Darin schüttelte ihn ab und ging auf die Kreuzung zu.

Inzwischen hatte der Sanitäter Frank das Hemd aufgerissen und hielt ihm ein Stethoskop an die Brust. Sein Gesichtsausdruck sprach Bände: Für Frank sah es schlecht aus, sehr schlecht.

Darin bewegte sich weiterhin unbemerkt zwischen den Schaulustigen an der Unfallstelle und näherte sich dabei immer mehr seinem sterbenden Boß. Er sah, wie der zweite Sanitäter mit der Herzausrüstung zurückkehrte. Derweil hatte der erste längst mit der kardiopulmonalen Reanimation – Herzmassage und Beatmung – begonnen. Doch es nützte nichts.

Rasch wurden Frank Meß-Elektroden angelegt. Darin konnte einen einzigen, gleichförmigen Ton hören und auf dem Monitor die gerade grüne Linie von Franks totem Herzen sehen.

„Komm schon!" keuchte der Sanitäter und drückte weiter rhythmisch auf Franks Brustbein. „Den Defibrillator! Schnell!"

Der zweite Sanitäter nahm zwei große, flache Elektroden in die Hände – genauso, wie Darin es schon oft in den medizinischen Sendungen im Fernsehen gesehen hatte.

Der Sanitäter drückte Frank die Elektroden auf die Brust. „Gib mir dreihundert Joule!" verlangte er.

„Liegen bereits an!“

„Nein, nichts . . .“

Beide stierten entgeistert auf das Gerät, das genauso tot zu sein schien wie der Mann vor ihnen auf dem Boden.

Die Batterie des Geräts leerzusaugen, war für Darin leichter, als die Verkehrsampel umzuschalten.

„Irgend etwas funktioniert hier nicht. Geh und hol das Ersatzgerät!“ Der eine der Sanitäter rannte wieder zum Krankenwagen, während der andere sich verzweifelt bemühte, das Gerät doch noch in Gang zu bringen. Er war zu beschäftigt, um zu bemerken, daß Darin ganz dicht an Frank Kiveat herankam.

Franks Augen zuckten. Darin wußte nicht, ob er ihn sehen oder hören konnte, doch das war auch egal. „Keine Angst, Mr. Kiveat.“ Seine Stimme war ein beruhigendes Säuseln. „Ich habe im Fernsehen gesehen, wie man das macht.“

Darin nahm seine von Motoröl gebräunten Finger, spreizte sie auseinander und berührte Franks Brust. *Die Macht über Leben und Tod ist eine ernste Angelegenheit,* dachte Darin. *Wie cool, sie zu besitzen!*

Er startete die Funken in seinen Gedanken, spürte, wie sie entstanden, durch sein Gehirn sausten und dabei immer zahlreicher wurden und an Intensität zunahmen, wie eine Welle, die an den Strand spült. Und dann ließ er sie fließen, durch seinen Hals und seine

Schultern, dann durch die Arme in die Fingerspitzen, wo sie explodierten.

KA-WUMM!

Durch die elektrische Ladung wurde Franks Brust in die Höhe gerissen. Sein Rücken bog sich durch und flog dabei fast einen Fuß hoch in die Luft, ehe er wieder auf den Boden zurücksank. In diesem Augenblick kam der zweite Sanitäter mit dem Ersatzgerät zurück – doch es wurde nicht mehr benötigt.

Laut und deutlich war Franks Herzschlag zu hören und auf dem Monitor zu sehen. Aus der flachen Linie war wieder eine regelmäßige Folge von Ausschlägen geworden – von jener Art, die bedeutete, daß der Patient am Leben und wohlauf war.

Ungläubig starrten die Sanitäter auf Frank.

„Wir haben wieder einen Rhythmus . . . aber wie?“

Erst dann nahmen sie Notiz von Darin, der stolz lächelte. Es schien, als tanzten kleine Funken um seine Mundwinkel.

„Rettungsmaßnahme 911!“ verkündete er.

Jetzt war er ein Held. Die Art von Held, die jedermann liebte.

Die Art von Held, auf die Mrs. Kiveat furchtbar, furchtbar stolz sein würde.

10

Auf der Intensivstation des städtischen Krankenhauses von Connerville stand Mulder vor dem Schwesternzimmer. Er wollte zu Frank Kiveat, doch seine Zuversicht, daß er von den Ärzten das Okay dazu bekommen würde, schwand von Sekunde zu Sekunde.

Allerdings ließ Mulder die Zeit nicht ungenutzt verstreichen. Er sah Darin Oswalds Krankenakte durch, in der Hoffnung, irgendwelche Aufzeichnungen über den Abend zu finden, an dem er vom Blitz getroffen worden war.

Laut den medizinischen Unterlagen war Darin vor Monaten mit Verbrennungen dritten Grades an Kopf, Hals und Rücken ins Krankenhaus eingeliefert worden. Nach einigen Tagen hatte man dann herausgefunden, daß Darin sich in einem präexistenten Zustand befand – akute Hypokaliämie genannt.

In Mulders Überlegungen begann ein Gedanke Form anzunehmen. Er war sich nicht sicher, ob es überhaupt einen Sinn ergab ... und doch, irgendwie war diese These die einzige, die *irgend*einen Sinn ergab. Er würde sie Scully darlegen, sobald sie von dem Gespräch mit den Sanitätern zurückkam, die Kiveat eingeliefert hatten. Er würde sie einmal mehr bitten müssen, seinen verschlungenen Gedankenpfaden zu folgen.

Mulder vernahm ein leichtes Platschen und blickte von Oswalds Krankenbericht auf.

Sharon Kiveat stand auf der anderen Seite des Korridors am Trinkwasserbehälter und starrte auf den Pappbecher hinunter, den sie hatte fallen lassen. Auf dem Boden war eine kleine Pfütze entstanden.

„Warten Sie", sagte Mulder, noch ehe sie sich bücken konnte, „ich mach das schon."

Er hob den Becher auf und warf ihn in einen Abfallbehälter. Dann zog er einen frischen Becher aus der Vorrichtung am Trinkwasserbehälter, füllte ihn und reichte ihn ihr.

„Danke!" flüsterte sie

Mulder brauchte einen Augenblick, um sich daran zu erinnern, daß sie nicht bloß ein Teil in einem Puzzle oder einfach eine Verbindung zu Frank Kiveat war. Sie war eine zu Tode erschrockene, müde Frau.

„Mrs. Kiveat . . . Es tut mir leid, wegen Ihres Mannes."

„Danke!" sagte sie erneut und sah ihn jetzt genauer an. Mulder merkte, daß sie bemüht war, sich an ihn zu erinnern. Wer war er? Ein Freund? Ein Bekannter? Woher wußte er ihren Namen?

„Ich heiße Fox Mulder", half er ihr. „Ich bin vom FBI."

Sofort erinnerte sie sich wieder und nickte matt. „Sie waren gestern bei meinem Mann in der Werkstatt.“

Mulder nickte ebenfalls. „Ich weiß, das ist eine schwere Zeit für Sie, aber ich würde Ihnen gern ein paar Fragen stellen.“

Sie schüttelte den Kopf und rang sich ein entschuldigendes Lächeln ab. „Tut mir leid, dazu bin ich jetzt nicht in der Lage.“

„Ich möchte Sie etwas über Darin Oswald fragen.“

Augenblicklich änderte sich ihr Gesichtsausdruck. *Sie weiß etwas*, durchfuhr es Mulder. „Er ist auch dort gewesen . . . Er war auch am Unfallort, nicht wahr?“

Ihre Augen funkelten. Mulder kannte diesen Blick. In den Augen von eingekreisten Tieren hatte er diesen Ausdruck schon oft genug gesehen. Sie weiß, daß es Oswald war, sagte er sich. Aber wie?

„Bitte“, murmelte Mrs. Kiveat schließlich, „ich möchte zu meinem Mann!“ Rasch ging sie an Mulder vorbei und schloß die Tür des Krankenzimmers hinter sich.

Mulder konnte sie durch das Glasfenster sehen, das auf Intensivstationen in alle Zimmertüren eingelassen ist. Sie setzte sich auf einen Stuhl, der direkt am Bett ihres Mannes stand. Frank Kiveat war bewußtlos und an etwa ein Dutzend Apparaturen und Geräte angeschlossen.

In diesem Augenblick gewahrte Mulder eine Bewegung hinter sich und fuhr hastig herum. Es war nur Scully.

„Ich habe gerade mit den Sanitätern gesprochen", berichtete sie. „Sie waren ganz schön aus der Fassung."

„Wieso?"

„Werfen Sie mal einen Blick hier drauf!" Sie entfaltete einen langen, schmalen Papierstreifen und gab ihn Mulder. „Das ist Frank Kiveats Elektrokardiogramm."

Mulder betrachtete die Aufzeichnung: eine lange gleichförmige Linie, dann plötzlich ein heftiger Ausschlag, gefolgt von dem wohlbekannten, sich regelmäßig wiederholenden Gekritzel eines normalen Herzschlags.

„Sehen Sie diesen plötzlichen Ausschlag hier?" Scully deutete auf die irrwitzige Kurve. „Das bedeutet, daß eine Art Elektroschock sein Herz wieder in Gang gesetzt hat."

„So?"

„Wie die Sanitäter berichteten, war die Batterie des Defibrillators aber leer. Die Elektroden also tot."

„Und wie erklären sie dann das hier?" Mulder hob das Elektrokardiogramm in die Höhe.

„Sie können es nicht erklären. Alles, was sie gesehen haben, war . . . daß Darin Oswald Kiveat an der Brust berührt hat."

Mulder starrte seine Partnerin an. Das ist es! dachte er. *Das ist es!*

„Da ist etwas, das Sie sich mal ansehen sollten", sagte er und eilte zum Schwesternzimmer. Er nahm Darin Oswalds Krankenakte und reichte sie an Scully weiter. „Ich habe mal drin geblättert . . ."

Scully schlug die Akte auf und verfolgte mit dem Finger die einzelnen handschriftlichen Einträge. Sie nickte zustimmend, während sie las. Dann hielt sie plötzlich inne. „Das ist seltsam. Sein Bluttest ergab akute Hypokaliämie."

Mulder lächelte. Sie hatte es also auch bemerkt.

„Gestörtes Gleichgewicht an Elektrolyten, richtig?" fragte er schnell.

„Unbedingt . . . ja."

„Und bewirken Elektrolyten nicht elektrische Impulse im Organismus?"

„Genau, jedesmal, wenn unser Herz schlägt oder ein Neuron . . ." Scully verstummte mitten im Satz und blinzelte ihn an. „Wieso? Mulder, woran denken Sie?"

„Okay. Das ist nur so ein Gedanke, Scully . . . aber wenn Oswalds gestörter Elektrolythaushalt . . . vielleicht versetzt er ihn in die Lage, Elektrizität in abnormal hoher Intensität zu erzeugen?"

„Wie hoch?"

Mulder wedelte mit dem Elektrokardiogramm hin

und her. „So hoch." Nach einer kleinen Pause fügte er hinzu: „Oder noch höher."

Scully schüttelte den Kopf. „Mulder, der menschliche Körper funktioniert nicht auf diese Art und Weise."

Mulder machte ein paar Schritte den Gang hinunter und fuhr sich mit der Hand durchs Haar. *Ein Teil,* sagte er sich, *ein Teil fehlt noch. Ein Teil ...*

„Der Fulgurit", entfuhr es ihm, während er sich zu Scully umwandte. „Wenn Oswalds Körper nun leitfähiger ist als normal? Denken Sie an den Schuhabdruck, den wir in dem Fulgurit gefunden haben. Wenn der von Oswald stammt, dann würde das bedeuten, daß er eine Spannung von Millionen Volt in den Boden geleitet hat und dann einfach auf und davon gegangen ist. Und was ... wenn ein Teil dieser Kraft noch in ihm steckt – in seinem Körper gespeichert wie in einer Batterie?"

„Sie meinen, daß er so etwas wie ein lebender Blitzableiter ist?"

„Nein." Sorgfältig wählte Mulder seine Worte. „Ich will sagen, daß er eine Art Blitz ist. Und wir müssen ihn aufhalten – bevor er wieder einschlägt!"

11

Fünf Monate lang so zu leben! Zu wissen, daß er die ultimative Kraft in seinem Körper hatte!

Als der Blitz ihn traf, hatte er geglaubt, daß es vorbei sei. Es war ein Gewitter aus heiterem Himmel gewesen, eins von jener Art, die niemand kommen sieht. Und am allerwenigsten er.

Es war ein paar Monate nach dem Schulabschluß. Wie so oft war er eines Tages über die Felder gegangen, von der Spielothek nach Hause, als sich der Himmel von einem Moment auf den anderen verfinsterte. Ein heftiger Wind kam auf, und der Regen peitschte die Felder in einem ungewöhnlichen Winkel.

Hunderte von Blitzen erhellten die Nacht, und Darin warf einen verzweifelten Blick zum Observatorium auf dem Hügel. Immer wieder war Connerville von schweren Gewittern heimgesucht worden – die Blitzableiter auf dem Dach des Instituts sollten doch helfen: Sollten sie nicht die Blitze auf sich ziehen, weg von den Leuten?

Er hastete über das freie Feld, naß bis auf die Knochen. In der Ferne konnte er das Haus sehen, in dem er wohnte, und er vergrößerte seine Anstrengung, so schnell wie möglich zu rennen, doch das dichte, nasse Gras unter seinen Schuhen machten seine Schritte schwer und unbeholfen.

Und dann – *WHAMM!* – fuhr der Blitz auf ihn hernieder wie die mächtige Faust Gottes. Sein Körper wurde von so heftigem Schmerz durchzuckt, daß er schreien wollte, doch alle seine Muskeln hatten sich durch die Gewalt des Blitzes verkrampft. Er war in seinen Schädel eingeschlagen, hatte sein Haar versengt und war durch seine Füße in den Boden gefahren.

Eine Woche später war Darin wieder zu sich gekommen. Er lag im Krankenhaus und war am ganzen Körper bandagiert. Jeder Knochen, jede Muskelfaser schmerzte.

Er war allein.

Schließlich erschien seine Mutter. Sie weinte laut und schrie ihn an, wie er so verrückt sein könne, bei Gewitter über freies Feld zu rennen . . . Sonst war niemand vorbeigekommen, nicht einmal Zero, der Krankenhäuser schon als Kind gehaßt hatte.

Doch am Tag bevor er entlassen wurde, ließ Mrs. Kiveat sich sehen. Sie brachte ihm eine Dose Kekse und sagte ihm, Frank brauche Hilfe in seiner Werkstatt und biete ihm den Job an. An diesem Tag hatte sich Darin geschworen, sie zur glücklichsten Frau der Welt zu machen. Er würde alles tun, um sie glücklich zu machen, einfach alles ... Er würde ihr die Welt zu Füßen legen!

Einige Zeit darauf nahm er eine Taschenlampe in die Hand, die nicht mehr funktionsfähig war – sie erwachte sofort wieder zum Leben und leuchtete so hell, daß die Birne durchbrannte. Er führte Zero vor, wie er eine Glühbirne nur in den Mund zu nehmen brauchte, und sie strahlte ... Das war der komische Teil der Geschichte gewesen.

Doch der war jetzt vorüber.

Am selben Nachmittag, an dem er Frank Kiveat erst beinahe getötet und dann gerettet hatte, kletterte Darin Oswald aus seinem Schlafzimmerfenster, um den FBI-Agenten zu entkommen, die an seiner Haustür standen.

Er spürte, wie sich die Elektrizität in ihm regte, als er über das Feld rannte – dasselbe Feld, wo ihn damals der Blitz erwischt hatte. Dasselbe Feld, wo er ihn mittlerweile noch viele Male getroffen hatte ... Schmerzen hatte er nur beim allerersten Mal gehabt.

Doch die FBI-Leute bemerkten ihn und folgten ihm.

„Darin!“ hörte er den rufen, der sich Mulder nannte. „Darin, warte!“

Mulder lief ihm nach. Darin wollte wegrennen, doch er wußte, daß das nicht gut wäre. Vor Wut knirschte er mit den Zähnen: Er hätte das Ganze besser durchdenken sollen! Er hätte warten sollen, bis die FBI-Beamten wieder weg waren, und erst dann Frank Kiveats Herz anhalten und wieder in Gang setzen sollen . . . Er hätte es woanders tun sollen als ausgerechnet dort, wo sich der Verkehrsunfall ereignet hatte. Das wäre weniger verdächtig gewesen. Und er hätte Zero nicht ins Vertrauen ziehen sollen.

Zero war zwar sein Freund, doch in letzter Zeit wurde er ihm mehr und mehr zu einem Mühlstein um den Hals.

Mulder und Scully holten Darin ein, und Mulder packte ihn am Arm. Mit einer gereizten Bewegung und hervortretenden Halssehnen riß Darin sich los. Er kochte, die Energie pochte heiß durch seine Adern.

„Rühren Sie mich nicht an, Mann!“ fauchte er. Am liebsten hätte er sie gleich hier auf der Stelle vernichtet und aus dem Weg geräumt.

Doch ihm war klar, daß es besser war, es bleiben zu lassen. Der Tod der beiden Agenten hätte nur zur Folge, daß noch mehr FBI-Leute hier auftauchen würden, wie Ameisen bei einem Picknick. Und sie würden ihn nicht mehr in Ruhe lassen.

Mulder lenkte ein. „Okay, in Ordnung.“

„Rühren Sie mich nicht wieder an!“

„Wir möchten nur mit Ihnen *reden*, Darin“, beschwor ihn Scully. „Das ist alles.“

„Ich habe nichts getan“, preßte Darin hervor. Doch er wußte, daß das nicht sehr überzeugend klang.

Scully trat einen Schritt auf ihn zu. „Niemand behauptet das. Wir haben nur gedacht, Sie könnten uns ein paar Fragen beantworten. Wenn ja, schön. Wenn nicht . . ."

Darin holte tief Luft. Er unterdrückte die Spannung, die aus ihm heraus wollte. Er zwang sie tief in sein Inneres, bis nur noch ein schwelendes Feuer davon übrig war.

„Okay . . . okay." Er blinzelte die Tränen der Anstrengung fort. „Worüber wollen Sie reden?"

Im Vernehmungsraum des Berzirksgefängnisses beobachtete Scully, wie Darin Oswald sich die Augen rieb. Nach mehreren Stunden des Verhörs war er müde, und es war eine so unschuldige Geste, daß er plötzlich viel jünger aussah – beinahe zerbrechlich. Konnte dieser schmächtige Körper tatsächlich eine so zerstörerische Kraft in sich haben?

Doch dann sah Darin sie an, mit kalten, berechnenden Augen. Und da wußte sie, er konnte.

„Wie oft muß ich es denn noch sagen?" blaffte Darin. „Ich weiß nicht, wie diese Leute gestorben sind."

„Warum sind Sie weggerannt, als sie uns gesehen haben?"

Darin schlug mit der flachen Hand auf den Tisch. „Ich habe einen Spaziergang machen wollen. Das ist doch nichts Verbotenes!"

„Klettern Sie immer durchs Fenster?"

Seine Augen blitzten gefährlich. „Ihr solltet mir lieber eine Medaille verleihen! Ich habe meinem Boß das Leben gerettet."

Scully schüttelte den Kopf. Es war hoffnungslos. Sie waren das Ganze schon ein Dutzend Mal durchgegangen, und Darin Oswald blieb stur bei seiner Geschichte. Ohne einen griffigen Beweis würden sie ihn nicht länger festhalten können.

„Dessen sind wir uns aber gar nicht so sicher", sagte sie resignierend. Dann stützte sie sich auf den Tisch und erhob sich.

Gereizt lehnte sich Darin in seinem Sessel zurück. „Wieso nicht?" rief er ihr nach, während sie zur Tür ging. „Wer hat Ihnen das gesagt? Mit wem haben Sie gesprochen? Hat Zero Ihnen was gesagt?"

Der Deputy draußen öffnete die Tür, und Scully warf einen letzten Blick auf Darin. Seine Hände lagen auf der Tischkante, und sein schmächtiger Körper war jetzt zusammengesunken. Er sah hilflos aus – bis er sich umdrehte und sie mit halbgeschlossenen Lidern fixierte. Seine Augen waren lebendig, beinahe unangenehm in ihrer Intensität. Sie waren nahezu . . . elektrisierend.

Scully verließ den Raum.

„Was hat er gesagt?" wollte Mulder wissen, als er sie auf dem Korridor empfing.

„Nicht viel . . . außer, daß er ein Held ist."

„Und wie hat er seiner Meinung nach Frank Kiveat wiederbelebt?" schnaubte Mulder.

„Kardiopulmonale Reanimation." Über Scullys Gesicht huschte ein gequältes Lächeln, als sie sich an Oswalds Antwort erinnerte. „Er behauptet, er hätte bei einem Erste-Hilfe-Kurs gut aufgepaßt."

Einen Moment lang starrte Mulder auf die Tür des Vernehmungsraums. „Ich habe darüber nachgedacht, Scully", sagte er schließlich langsam. „Ich glaube nicht, daß Oswald Kiveat nur wiederbelebt hat. Ich glaube, er hat die ganze Sache inszeniert."

„Was meinen Sie damit? Sie meinen, er hat auch die Herzattacke verursacht?"

Mulder nickte.

„Aber warum? Warum sollte er das tun?" Scully hob ratlos die Schultern.

„Ich weiß nicht", räumte Mulder ein und fügte dann hinzu: „Aber ich glaube, ich kenne jemanden, der es weiß."

12

Mulder hielt vor einem hübschen, zweigeschossigen Haus in einer der schöneren Wohngegenden von Connerville.

„Das ist es?“ fragte Mulder seine Partnerin.

Scully verglich die Adresse mit der, die sie notiert hatte. „Ja, hier sind wir richtig.“

Während der Fahrt hatte Mulder Scully über sein kurzes Gespräch mit Frank Kiveats Frau informiert.

Einen Augenblick nachdem sie geklingelt hatten, öffnete Sharon Kiveat die Tür. Wenn sie vom Krankenhaus nach Hause gekommen war, um sich auszuruhen, war es ihr nicht gelungen. Sie sah eher noch erschöpfter aus als zuvor.

Sie warf einen Blick auf die beiden Beamten – und ihre Miene versteinerte.

„Mrs. Kiveat . . .“ begann Mulder, doch die Frau schnitt ihm das Wort ab.

„Es tut mir leid, aber ich kann jetzt nicht. Ich wollte gerade ins Krankenhaus fahren.“ Scully hatte den Eindruck, als könne Mrs. Kiveat jeden Augenblick in Tränen ausbrechen.

„Darin Oswald befindet sich in Gewahrsam, Mrs.

Kiveat. Wir haben ihn heute nachmittag aufgegriffen."

Keine Antwort.

„Aber wir können ihm kein Verbrechen zur Last legen", fügte Scully hinzu, „ohne Ihre Hilfe."

Aufmerksam betrachtete Scully das Gesicht der Frau und kam zu dem Schluß, daß Mulder recht hatte. Sharon Kiveat wußte etwas, und Scully konnte auch erkennen, daß sie trotz ihrer Angst darüber reden wollte.

„Dürfen wir reinkommen?" fragte Scully sanft.

Die Frau zögerte einen Augenblick, dann machte sie die Tür etwas weiter auf und ließ sie herein.

Als die beiden Agenten eintraten, fiel Scully sofort die geschmackvolle Einrichtung auf: weiße Polstermöbel und Teppiche, besonders betont durch Pflanzen in antiken Töpfen. Überall im Zimmer war Sharon Kiveats zarte Hand zu spüren, zusammen mit noch etwas anderem: wohltuende Herzlichkeit. Intuitiv wußte Scully, daß die beiden, die in diesem Haus wohnten, sehr glücklich waren.

Doch nicht in diesem Augenblick. Nicht an diesem Abend.

„Ich gebe Förderunterricht an der High School", sagte Mrs. Kiveat leise, nachdem sie sich gesetzt hatten. „Darin war mein Schüler."

„Wie würden Sie Ihr Verhältnis zu ihm charakterisieren?“ Immer noch bemühte sich Scully um einen milden, besänftigenden Ton.

„Nun, ich bin ja nicht blind. Natürlich wußte ich, daß er ganz vernarrt in mich war. Aber ich . . . er tat mit leid.“ Sie zuckte die Achseln und sah ein bißchen verlegen aus, als hätte sie gegen ein ungeschriebenes Gesetz verstoßen. „Ich war nur der Meinung, er wäre über Gebühr vom Unglück bedacht worden.“

„Also haben Sie ihm die Anstellung bei Ihrem Mann in der Werkstatt verschafft?“

„Ja, ich wollte ihm helfen.“ Sie biß sich auf die Lippen. „Aber dann, vor ein paar Monaten . . . fingen diese Telefonanrufe an. Jemand rief an und legte wieder auf.“

„Was veranlaßt Sie zu der Annahme, daß es Darin gewesen sein könnte?“

Mrs. Kiveat zog die Stirn kraus, sichtlich bemüht, ihr Gefühl in Worte zu fassen. „Die Art und Weise, wie er mich in der Werkstatt angesehen hat . . . bei den Anrufen hatte ich dasselbe Gefühl.“ Sie sah Scully an, dann Mulder. „Und ich wußte es einfach.“

Scully glaubte ihr, doch Glauben allein war nicht genug. Bisher hatte Mrs. Kiveat ihnen nichts gegeben, was sie vor Gericht verwenden konnten.

„Seit wann hegen Sie die Vermutung, daß bei Darin mehr dahintersteckt als nur diese dummen Anrufe?“ mischte sich Mulder ein.

Mrs. Kiveat blickte ihm fest ins Gesicht. „Er hat es mir gesagt.“

Überrascht beugte sich Scully vor. „Er hat Ihnen tatsächlich gestanden, daß er diese Menschen umgebracht hat?“

„Nein ... aber er hat mir gesagt, er hätte außergewöhnliche Fähigkeiten. Unheimliche Fähigkeiten.“

Scullys Augen wurden schmal. Das war besser. Jetzt waren sie dicht dran.

„Wann hat er das gesagt?“ Auch in Mulders Stimme schwang kaum unterdrückte Spannung.

„Erst unlängst. Nachdem dieser Junge getötet worden ist.“

„Jack Hammond?“

Mrs. Kiveat ließ den Kopf hängen. „Ja ... aber ich habe ihm nicht geglaubt. Ich dachte, er würde sich nur aufspielen, würde auf eine krankhafte Weise versuchen, mir zu imponieren. Doch nach dem, was heute passiert ist ...“ Zögernd hob sie den Blick. „Da wußte ich, daß es stimmte. Alles ... er sagte, er könne alles tun.“

„Haben Sie das sonst noch jemandem erzählt?“ fragte Mulder.

Jetzt lächelte Mrs. Kiveat, ein kleines, trauriges Lächeln, und schüttelte resigniert den Kopf. „Wer hätte mir denn geglaubt?“

Mulder nickte mitfühlend.

„Und ich hatte Angst“, fuhr Mrs. Kiveat fort. „Ich hatte Angst davor, was er mir antun könnte . . . und . . . was er meinem Mann antun könnte.“

Ihre Mundwinkel zuckten.

Scully ging zu ihr hinüber und legte ihr tröstend die Hand auf die Schulter. „Sie brauchen keine Angst mehr zu haben. Sie und ihr Mann sind sicher . . . solange wir auf Ihre Aussage zählen können.“

Sharon Kiveat schluchzte leise. Tränen rannen über ihr Gesicht. Doch sie nickte – dankbar für Scullys beruhigende Hand und das Versprechen ihrer Worte.

Auf dem Rückweg zum Bezirksgefängnis versuchten Mulder und Scully eine Strategie zu finden, einen unter Strom stehenden Menschen wie Darin Peter Oswald unter Kontrolle zu bringen.

„Ich weiß nicht, wie schnell er ist“, gab Mulder zu bedenken und fügte mit einem Grinsen hinzu: „Er mag so schnell sein wie ein geölter . . .“

„Sagen Sie nicht so etwas!“ unterbrach ihn Scully, deren Nase sich amüsiert kräuselte. Dennoch überprüfte sie vorsichtshalber ihre Waffe.

Ein paar Minuten später erreichten sie das Gefängnis. Sie waren auf alles gefaßt.

Nur nicht auf das, was sie vorfanden.

Als sie den Vernehmungsraum betraten, sahen sie

den Deputy am Tisch sitzen und in einem Magazin blättern. Außer ihm war niemand im Zimmer.

„Wo ist Oswald?“ fragte ihn Mulder.

„Haben Sie ihn wieder in die Zelle gebracht?“ wollte Scully wissen.

„Ich habe ihn nach Hause geschickt. Es ist schließlich spät genug,“ ertönte eine Stimme hinter ihnen. Es war Sheriff Teller.

„Sie haben ihn *freigelassen?“* Mulder drehte sich um und starrte seinem Gegenüber ungläubig ins Gesicht.

„Nachdem ich Ihren Bericht gelesen habe“, schoß der Sheriff zurück, die Akte in der Hand schwenkend.

Mulder warf Scully einen alamierten Blick zu. „Ich gehe Sharon Kiveat anrufen“, rief er und rannte am Sheriff vorbei.

Scully folgte dem Sheriff auf den Flur, der die Akte aufschlug und laut zitierte: „’Tötung durch Emission von elektrischem Strom.’“ Mürrisch musterte er Scully aus den Augenwinkeln. „Glauben Sie das allen Ernstes?“

Scully verschränkte die Arme und biß die Zähne zusammen. „Ich glaube, daß Darin Oswald – *in irgendeiner Weise* – mit dem Tod dieser vier Menschen zu tun hat . . . und ich glaube, daß es einfach unverantwortlich von Ihnen war, ihn laufen zu lassen.“

Belustigt schüttelte der Sheriff den Kopf und

kicherte dabei in der ihm eigenen ungezwungenen Art. „Nun lassen Sie mich das mal klarstellen. Sie wollen mir einreden, daß dieser Bursche Blitze schleudert?“

Scully wagte den Schritt. „Im Prinzip, ja!“

Teller vergaß seine Ungezwungenheit. Mit einem Knall schlug er die Akte zu und zischte: „*Im Prinzip.* Diese Behauptung entbehrt jeglicher Grundlage. Von all diesen wilden Spekulationen . . .“

„Sie haben es selbst gesagt, Sheriff“, unterbrach ihn Scully mit frostiger Stimme. „Nicht einmal die Wissenschaftler können erklären, wie Blitzschlag abläuft.“

Teller lief rot an. Er wollte kontern, doch es hatte ihm die Sprache verschlagen.

In diesem Augenblick kam Mulder zurück. „Sharon Kiveat ist nicht zu Hause!“ rief er außer Atem.

„Sie muß auf dem Weg zum Krankenhaus sein“, folgerte Scully. Ohne eine weitere Sekunde zu verlieren, stürmten die beiden Agenten durch den Korridor und überließen es dem Sheriff, darüber nachzudenken, was er angerichtet hatte.

13

Zum ersten Mal in seinem Leben war Bart „Zero“ Liquori froh, arbeiten zu müssen. Die Spätschicht in der Spielothek hielt ihn glücklicherweise davon ab, an Darin Oswald und seine gefährlichen Spiele zu denken.

Nicht daß Bart nicht selbst dann und wann ganz gern ein paar krumme Dinger drehte, doch was Darin getan hatte, das war längst nicht mehr als nur krumm zu bezeichnen. Es war . . . böse. Und Zero wollte einfach nicht daran denken.

Ein junger Bursche und seine Freundin hatten ihre Vierteldollarmünzen an einem Hockeyspiel ausgegeben und gingen zehn Minuten vor zwölf. Die letzten Minuten war Zero allein und las ein Comic-Heft, bis er Punkt Mitternacht zum Hauptschalter schlenderte und den Strom abschaltete. In der Spielhalle wurde es finster und still.

Nein, nicht ganz still. Weiter hinten in der Halle flackerte ein Bildschirm wieder auf, und eine vertraute Melodie ertönte. Vorsichtig folgte Bart der Musik und stellte fest, daß es das *Virtuelle Massaker II* war, das nun auch ohne Strom über das Display tanzte. Oberhalb der Kämpfer waren die zwanzig besten Ergebnisse zu lesen und die Initialen derer, die sie erzielt hatten. D. P. O. D. P. O. D. P. O.

„Dude?“ Zero wartete auf eine Antwort. „Darin, ich weiß, daß du es bist. Ich meine, das kannst bloß du sein.“

Immer noch keine Antwort.

Dann dröhnte die Jukebox in voller Lautstärke los. Die Nightwalkers.

Zero war das Ganze nur allzu vertraut. Er lachte nervös.

„Komm schon, Alter, was soll denn das?“ Zero wich in Richtung Tür zurück und versuchte dabei, seine Angst zu unterdrücken. Die Luft um ihn herum kam ihm dick und schwer vor. Sie roch ionisiert. Wie nach einem Gewitter.

Mit jedem Schritt, den er machte, fühlte Zero seine Beine schwächer werden, doch er wußte, daß das nur Folge seiner Panik war. Er hatte das beklemmende Gefühl, vor einem Hai davonzuschwimmen, der irgendwo in den unsichtbaren Tiefen lauerte.

Hastig drückte er gegen die Tür, doch sie gab nicht nach – er hatte bereits abgeschlossen. Mit fahrigen Fingern zog er seinen Schlüsselbund aus der Tasche und bemühte sich verzweifelt, den richtigen Schlüssel zu erwischen und ihn in das Loch zu bugsieren. Doch es gelang ihm nicht . . . seine Hände zitterten zu sehr.

„Was willst du von mir?“ Seine Stimme überschlug sich. „Ich hab dir doch gesagt, ich habe nichts erzählt!“

Als Antwort hörte er nichts als die laute Musik.

Schließlich fand er doch noch das Schlüsselloch, öffnete die Tür und stürzte hinaus in die stürmische Nacht. Doch selbst draußen auf dem Parkplatz plärrte die Musik, als wären die Bäume gewaltige Lautsprecher, aus denen Heavy Metal hämmerte.

Der Wind zerrte an seinen Haaren, doch von Darin war immer noch nichts zu sehen. „Ich habe nichts gesagt! Das schwöre ich!“ kreischte Zero und schluchzte wie ein kleines Kind. „Warum tust du das, Mensch? Wir sind doch Freunde!“

Und dann ... erhielt Zero seine Antwort. Lauter als die Musik und heller als die Sonne traf ihn ein Blitz in den Rücken. Er durchbohrte sein Herz und zischte durch seine Brust in die Erde.

Zero stürzte. Münzen aus seiner Tasche klimperten zu Boden. Doch das hörte er nicht mehr. Er war bereits tot, als er auf dem Asphalt aufschlug.

Vom Dach der Spielhalle sah Darin hinab auf die gekrümmte Gestalt, die einmal sein Freund gewesen war und die nun mit verschmortem Herzen auf dem Parkplatz lag.

Er hörte tief in sich hinein, ob er auch nur das geringste Anzeichen von Reue verspürte. Oder wenigstes Bedauern. Doch er fühlte nichts ... es war, als hätte der elektrische Strom das Gewissen aus ihm herausgebrannt. Jetzt gab es kein Zurück mehr. Was er begonnen hatte, würde er bis zum bitteren Ende durchhalten.

Solange Mrs. Kiveat bei ihm war, würde sich jedes Opfer lohnen.

Alles würde in Ordnung kommen.

Ja, Mann. Einfach alles.

Darin stellte die Musik ab, die immer noch aus der Jukebox dröhnte und im Wind um ihn herum.

Über ihm in nördlicher Richtung braute sich ein Gewitter zusammen und schickte sich an, auf die Stadt niederzuprasseln.

Darin nahm keine Notiz davon. Er hatte wichtigere Dinge zu tun. Er stieg vom Dach hinuter, um den Leichnam seines Freundes wegzuschaffen.

14

Auf ihrem Weg durch die Nacht wünschte Scully, Mulder – der bereits so schnell wie möglich fuhr – könne noch etwas an Tempo zulegen. Es konnte ihr nicht schnell genug gehen.

Sie hatten Sharon Kiveat ihr Wort gegeben, daß sie und ihr Mann sicher sein würden. Und Scully wollte nicht erleben, daß Darin Oswald oder der eigenwillige Sheriff Teller sie zur Lügnerin machten.

Als sie das Krankenhaus erreichten, sprang Scully aus dem Auto, noch bevor Mulder es zum Stehen gebracht hatte.

Drinnen drückte sie nervös auf den Fahrstuhlknopf. Sie wollte schon die Treppe nehmen, als endlich der Fahrstuhl kam und auch Mulder sich zu ihr gesellte.

Sobald sie im vierten Stock angekommen waren, riß sie die Türen auf.

Mulder hielt der entgeisterten Krankenschwester seinen Dienstausweis unter die Nase, während Scully zum Ende des Flurs weiterstürmte. „Rufen Sie den Wachdienst an“, befahl Mulder der Schwester. „Niemand darf das Krankenhaus betreten, außer natürlich das Personal von der Notaufnahme!“

Vor der Tür von Kiveats Zimmer holte er Scully wieder ein. Durch das Fenster konnten sie Sharon Kiveat erkennen. Allem Anschein nach war ihr nichts geschehen – sie sah sogar recht entspannt aus, wie sie so dasaß und die reglose Hand ihres Mannes hielt.

Erleichtert atmete Scully durch und öffnete leise die Tür.

„Sharon“, flüsterte sie.

Beunruhigt blickte Sharon auf. „Ja, was gibt's?“ Sie erhob sich und kam zur Tur.

„Wir möchte Sie bitten, mit uns zu kommen.“

„Wieso? Was ist denn?“

Mulder holte tief Luft: „Darin Oswald. Er ist wieder freigelassen worden.“

„Aber wieso denn?“ Unwillkürlich trat Sharon einen Schritt zurück und schaute abwechselnd auf Scully und Mulder. „Sie haben doch gesagt, wir brauchten uns keine Sorgen zu machen! Wir wären in Sicherheit!“

„Ich weiß.“ Wie ich es hasse, dachte Scully, wie ich diese Situationen hasse. „Doch wir haben nicht viel Zeit. Kommen Sie mit uns mit, wir werden es Ihnen erklären . . .“

Doch Sharon schüttelte verbissen den Kopf. „Der Arzt hat gesagt, mein Mann ist nicht transportfähig. Und ich rühre mich nicht von hier weg.“

Mulder trat auf sie zu und sagte eindringlich: „Ich bleibe bei ihm. Sie gehen mit Agent Scully.“

„Nein“, beharrte Sharon Kiveat.

„Sharon, bitte!“

Das Licht ging aus. Nach einer halben Sekunde – die sich endlos zu dehnen schien – sprang das Notaggregat an und hüllte das Krankenhaus in gedämpftes Licht.

Mulder schaute sich um und zog seine Pistole. „Er ist *hier*“, wisperte er.

Von ferne hörten sie ein leises *Ping* aus dem Flur kommen. Scully reckte den Hals, um die Quelle des Geräuschs auszumachen – das hellste Licht auf dem Flur leuchtete von der Reihe Lampen über der Fahrstuhltür.

Der Lift kam herauf.

Mulder und Scully hasteten hinüber. *Ping*. Jetzt war er im dritten Stock – unmittelbar unter ihnen. Vor dem Fahrstuhl blieben sie stehen, gingen in Schußposition, entsicherten ihre Waffen und richteten sie auf den schwarzen Spalt zwischen den beiden Flügeln der Fahrstuhltür.

Ping.

Schmatzend öffnete sich die Tür. Mit angehaltenem Atem krümmte Scully den Finger am Abzug und zielte über Kimme und Korn. Im Fahrstuhl war jemand ... er lag zusammengesunken auf dem Boden.

Scully und Mulder senkten die Waffen, und dann erkannte Scully, wer es war. Der junge Mann aus der Spielothek. Zero.

Sie trat in den Fahrstuhl, kniete sich neben den Körper und suchte die Halsschlagader. Wieso . . . Auf einmal erinnerte sie sich an Darins Bemerkung am Ende der Vernehmung – doch jetzt war es zu spät. Zu spät für Zero.

„Er ist tot, Mulder."

Ihr Partner langte in den Fahrstuhl und drückte den Notschalter, um den Lift auf diesem Stockwerk festzuhalten.

Hinter ihm tauchte die diensthabende Schwester auf. „Oh, mein Gott!" entfuhr es ihr, als sie die Leiche erblickte.

Mulder fixierte sie. „Wie kann man sonst noch auf dieses Stockwerk gelangen?"

Mit zitterndem Finger zeigte die Schwester auf das andere Ende des Flurs, das ebenfalls in Finsternis gehüllt war. „Nur über die Treppe dort", brachte sie mit Mühe heraus.

Mulder wandte sich an Scully. „Bleiben Sie bei den Kiveats!" sagte er knapp und rannte los, in Richtung Treppe.

„Aber Mulder . . . Mulder!"

„Ich kümmere mich um Oswald!" Und damit war er fort.

Mulder stürmte durch die schwere Glastür ins Treppenhaus. Dort hielt er einen Moment lang inne, bis sich seine Augen an das spärliche Licht gewöhnt hatten. Auch hier brannte die Notbeleuchtung, allerdings waren die Lampen blutrot: Sie tauchten den Raum in ein gespenstisches Glühen und warfen unheimliche schwarze Schatten.

Er spähte um die Ecke und schaute dann die Treppe hinunter.

Nichts.

Stufe für Stufe lief er so leise wie möglich nach unten, doch es war nicht einfach, sich auf den Metallstufen schnell *und* lautlos zu bewegen.

Die Pistole im Anschlag warf er einen Blick um die nächste Ecke.

Niemand da.

Leichtfüßig eilte er zum nächsten Absatz. Auf halber Höhe ... hörte er plötzlich etwas – ein elektrisches Summen. Es kam von weiter unten, tief aus der rotglühenden Finsternis. Mulder huschte weiter. Auf dem Absatz hielt er inne und lauschte angespannt.

Kein Zweifel. Das Summen, das lauter geworden war, mußte direkt hinter der nächsten Ecke sein. Mulder machte einen tiefen Atemzug durch die Nase – die Luft in dem engen Schacht roch nach ... Er kannte den Geruch. Hektisch dachte er nach, versuchte, sich zu entsinnen ... und dann erinnerte er sich an die

Spielzeugeisenbahn, die er als Kind gehabt hatte: Es war der Geruch von Elektrizität.

Mulder konzentrierte sich und umklammerte seine Waffe noch fester. Er wirbelte um die Ecke, den Finger am Abzug, bereit, auf alles zu schießen, das sich bewegte.

Doch das einzige, was er sah, war der Deckel eines demolierten Schaltkastens, der nur noch an einer verbogenen Schraube hing und leicht hin und her baumelte. Der Kasten war aufgebrochen, und die blanken Drähte sprühten Funken, während sie sich berührten und vibrierend kurzschlossen.

Mulder ließ die Pistole sinken und verzog das Gesicht. Oswald war hier gewesen, das stand fest ... und Mulder hatte keine Ahnung, wo er jetzt sein konnte.

Darin schlich durch die Korridore des städtischen Krankenhauses von Connerville. Tief in seinem Inneren wußte er, daß der größere Teil seines Verstandes irgendwo auf der Strecke geblieben war, doch darüber wollte er jetzt nicht nachdenken. Jetzt war er von einem einzigen Gedanken erfüllt. Von einer einzigen Vorstellung.

Mrs. Kiveat. Sharon.

Adrenalin strömte durch seine Adern, machte ihn hyperwach, hyperrege. Er fühlte, daß sich seine elektrische Aura wie ein sechster Sinn um ihn ausbreitete. Durch die Wände konnte er die Kupferdrähte spüren, und er vermochte Herzschläge und Gehirnimpulse in den Zimmern um ihn herum wahrzunehmen. Während er sich in Richtung Frank Kiveats Zimmer bewegte, hüllte er sich in dieses Machtgefühl . . . er mußte keine Angst mehr haben, er war viel mehr als nur ein Mensch.

Er öffnete die Tür von Frank Kiveats Zimmer und zog den Vorhang zurück.

Nichts da. Nicht einmal das Bett.

„Mrs. Kiveat?"

Plötzlich hörte er eine Stimme.

„Darin . . . keine Bewegung!"

Darin drehte sich um und musterte Special Agent Scully, die die Waffe entschlossen auf seine Brust gerichtet hielt.

Endlose Sekunden betrachtete er die Waffe und wußte, daß er sie eigentlich fürchten sollte. Doch für Angst war kein Platz mehr in ihm.

Und dann . . . trat hinter Scully Sharon Kiveat aus der Dunkeheit heraus.

Und auf einmal war die FBI-Agentin samt ihrer Pistole völlig unwichtig. Er streckte die Hand aus.

„Kommen Sie zu mir, Mrs. Kiveat!" bat er sie. „Ich muß mit Ihnen reden."

„Ich sagte, Sie sollen einen Schritt zurückgehen!"

herrschte Scully ihn an und entsicherte demonstrativ die Waffe.

„Mrs. Kiveat und ich wollen miteinander reden. Stimmt's, Mrs. Kiveat?“ Darin hielt die Hand weiter ausgestreckt und wünschte sich, er könne seine Fähigkeiten benutzen, um sie zu sich heranzuziehen.

„Was immer Sie ihr zu sagen haben“, beharrte Scully, „das können Sie hier und jetzt tun!“

Darin suchte Mrs. Kiveats Augen, doch es war zu dunkel, um etwas zu erkennen. „Kommen Sie?“ fragte er zärtlich.

„Nein, Darin! Sie wird nirgendwo mit Ihnen hingehen.“

Schließlich richtete Darin seinen Blick auf Scully. Auf diese kurze Entfernung war sie ein hervorragendes Ziel. Mit einem einzigen Gedanken konnte er sie auslöschen, ganz einfach, ohne jegliche Anstrengung ... jetzt auf der Stelle.

„Ich kann Sie erledigen!“ fauchte Darin.

„Ich kann Sie ebenfalls erledigen“, erwiderte Scully ungerührt. „Ich gebe Ihnen drei Sekunden. Eins ...“

„Das ist kein Scherz!“ Darins Stimme knisterte vor elektrischer Energie. „Ich bin nicht scharf drauf, FBI-Agenten zu grillen, aber ich schwöre Ihnen, *ich werde es tun!“*

„Zwei!“

Endlich, wie ein barmherziger Engel, trat Mrs. Kiveat zwischen die beiden. Sie kam zu ihm ... genau so, wie er immer gewußt hatte, daß sie es eines Tages tun würde.

„Hören Sie auf damit!" schrie sie Scully an.

Scully ließ ihre Waffe sinken und trat einen Schritt zur Seite. Dann wandte sich Mrs. Kiveat an Darin, und endlich konnte er ihre Augen sehen. Sie standen voller Tränen. *Sie hat es doch begriffen,* sagte er sich, während sein Blut in den Adern sang. *Sie weiß genau, wieviel sie mir bedeutet.*

Und dann sagte sie die Worte, auf die er schon seit Monaten gewartet hatte. „Ich gehe mit dir, okay?" flüsterte sie beschwörend. „Wohin du willst. Aber ... hör auf damit. Hör auf damit!"

„Ich werde damit aufhören." Darin nickte wie unter Hypnose. „Ich tu, was Sie von mir verlangen. Okay, Mrs. Kiveat?"

Es war der herrlichste Augenblick in seinem Leben.

Doch dann wollte diese Scully ihn zunichte machen. „Das läßt sich alles hier klären", bemerkte sie schroff.

Aber Mrs. Kiveat, seine Vielgeliebte, schüttelte bloß den Kopf. „Nein."

Darin nahm ihre Hand und hielt sie fest. Einen kurzen Augenblick zuckten ihre Finger aufgrund des schwachen Elektroschocks, und Darin mußte lächeln, während er wie ein kleines Kind errötete.

„Also dann“, murmelte er, ohne den Blick von ihr zu wenden. „Also . . .“

Er legte ihr den Arm um die Taille und ging rückwärts aus dem Zimmer, wohl darauf bedacht, sie zwischen sich und Scullys Pistole zu halten. Als sie draußen waren, schlug er die Tür zu und sandte einen Impuls aus, der das Metall der Türzargen schmolz – und nach seinem Wiedererstarren würde Scully fest in dem Zimmer eingeschlossen sein.

15

Die kühle Luft auf dem Parkplatz roch frisch und sauber. Sie roch nach Freiheit. Plötzlich schien diese finstere Nacht erfüllt von einer Art Licht, das Darin sein ganzes Leben lang noch nicht gesehen hatte. Und das Licht kam von Mrs. Kiveat. Heftig fühlte er ihr Herz schlagen, während sie Hand in Hand gingen. Und er spürte das wilde Wogen ihrer Gehirnwellen.

Sie liebt mich, dachte er.

„Sie sind der einzige Mensch, der jemals nett zu mir gewesen ist“, sagte er ihr mit einer Stimme, leidenschaftlicher und zärtlicher, als er es je für möglich gehalten hätte. Seine Wut war verflogen. Die Leute, die er verletzt und getötet hatte – all das lag jetzt hinter ihm, und er brauchte nie wieder darüber nachzudenken.

„Können Sie sich noch an den ersten Tag in unserer Klasse erinnern? Sie hatten das grüne Kleid an, das mit den gelben Blumen. Sie waren ja so hübsch!“ Er kicherte. „Ich wußte damals schon, daß wir für einander bestimmt sind.“

Darin spürte, wie ihre Hand zitterte. Es muß an der Kälte liegen, überlegte er.

„Wohin gehen wir?“ fragte Sharon mit schwacher Stimme. „Wo bringst du mich hin?“

Und da wurde Darin zum ersten Mal klar, daß er über diesen Augenblick noch gar nicht hinaus gedacht hatte. Sie zu *bekommen,* war stets sein Ziel gewesen. Doch was sollte er jetzt tun, jetzt, da er sie hatte?

„Ich weiß nicht“, gab er zu. „Wohin Sie wollen, das ist kein Problem. Ich habe mir Geld aus dem Automaten geholt. Und wir können uns jedes Auto nehmen, das Sie möchten.“

Vor ihnen stand eine Reihe parkender Wagen. „Suchen Sie sich einfach eins aus! Einen Accord . . . einen Maxima . . .“ Er sah sie an. „Möchten Sie eins von denen?“

Doch sie schien nur wenig begeistert zu sein. Er ließ ihre Hand los und ging die Reihe der Autos ab.

„Wenn Sie keinen Japaner wollen, wie wäre es dann mit einem Taurus?“ Er sandte Leben in die Zündung des Fords. Der Motor sprang an, und die Scheinwerfer leuchteten über den feuchten Asphalt. Nachdenklich schüttelte er den Kopf. Nein, keins von diesen war gut genug für Mrs. Kiveat. Ihr gebührte ein Mercedes – oder noch besser: ein Ferrari.

„Das hier sind alles miserable Karren“, seufzte er. „Nehmen wir einfach eins und tauschen es später gegen was Besseres um!“

Von hinten erfaßte sie plötzlich der Schein eines anderen Scheinwerferpaars. Darin wirbelte herum und sah ein Auto auf sie zukommen und anhalten. Es war das Polizeiauto. Sheriff Teller stieg aus.

Für Darin war das nur ein winziges Problem – eine kleine Unannehmlichkeit. Mit Teller würde er fertig werden.

„Keine Sorge, Mrs. Kiveat", sagte Darin leichthin über die Schulter. „Ich erledige das."

Doch als er sich zu ihr umdrehte, war sie nicht mehr da. Sie war hundert Yards entfernt. Sie rannte auf und davon und stürzte über das freie Feld hinter dem Parkplatz.

„Nein, Mrs. Kiveat . . . Sharon . . . Neiiin!" Es war der Schrei eines verwundeten Tieres. Doch Darin blieb nichts anderes übrig, als zuzusehen, wie sein zukünftiges Leben und all seine Träume mit ihr davonliefen. Wieder war er verlassen, wieder war er allein. Hoffnungslos allein.

„He, Du! Du kommst jetzt hierher!"

Sheriff Teller sprach mit Darin Oswald wie mit einem tollwütigen Hund. Und wie ein wildes Tier fuhr Darin herum und schmetterte einen Blitz. In einiger Entfernung tauchte Sharon Kiveat in ein dichtes Gehölz. Sie wußte nicht, wohin sie rennen sollte, doch solange sie außerhalb von Darins Sicht blieb, würde sie leben . . . leben. Die Nacht war finster und feucht, und obgleich sie wußte, daß Darin noch nicht sehr weit entfernt war, hoffte sie, daß er sie vielleicht aus den Augen verloren hätte.

Genau in diesem Augenblick sprang eine Gestalt aus den Büschen und packte sie. Sie wollte schreien, doch eine kräftige Hand hielt ihr den Mund zu, während eine andere sie ins Gebüsch zog.

Wild keuchend schaute sie dem Angreifer ins Gesicht, voller Panik, sie würde in Darin Oswalds brennende Augen blicken. Doch statt dessen sah sie Agent Mulder.

„Pssst", flüsterte er. „Er ist nicht weit von hier."

Gemeinsam duckten sie sich ins Unterholz und beobachteten, wie Darin auf das freie Feld kam.

„Mrs. Kiveat!" rief er. „Mrs. Kiveat! Wo sind Sie?" Dann hörten sie ihn schluchzen: „Ach, kommen Sie schon! Ich habe doch gesagt, daß ich mich um Sie kümmern werde." Mit bebenden Schultern stand er da und weinte wie ein kleiner Junge. Doch hinter der Tiefe seiner Traurigkeit lauerte eine mörderische Wut . . . Mulder und Sharon schmiegten sich noch tiefer in die schützende Dunkelheit. Wenn Darin sie jetzt entdeckte, würde von ihnen nichts übrig bleiben als ein Häufchen flockiger Asche.

„Was wollen Sie denn noch, Mrs. Kiveat?" brüllte er in die Finsternis. „Sie würden von mir alles bekommen! Alles, was Sie wollen!" Seine Worte erstarben in haltlosen Schluchzern.

Auf einmal tastete sich der Schein einer Taschenlampe durch den Dunst.

„Okay, Junge, dreh dich um!“ kommandierte eine Stimme, und Sheriff Teller baute sich vor Darin auf. „Sieh mal, ich weiß zwar nicht, was für ein krummes Ding du gedreht hast, aber ich verlange ein paar Antworten!“

„Nein! *Ich* verlange ein paar Antworten!“ schrie Darin ihn an. „Wo ist sie?“ Von den Wipfeln der Bäume stieß ein Wind hernieder und erfaßte das freie Feld. *„Nun komm schon, ich werde noch verrückt!“* In den Wolken über ihnen, finster und schwer, zuckten die ersten Blitze. *„Sag mir, wo sie ist!“*

Hinter Darin trat Mulder aus dem Gebüsch. „Teller! Gehen Sie beiseite!“ rief er. Doch Teller gehorchte keinen fremden Befehlen – für ihn galt nur sein eigenes Wort.

„Sag mir, wo sie ist!“ Darins unmenschliches Geheul erfüllte die Luft. Voller Wut ballte er die Fäuste, während sich seine Augäpfel nach hinten verdrehten und ein Baum in der Nähe durch die bloße Kraft seines Willens in Flammen aufging. Sheriff Tellers Taschenlampe explodierte wie eine Granate – doch bevor er noch aufschreien und zurückzucken konnte, kochte ihm ein elektrischer Impuls das Herz in der Brust.

Mit erhobener Pistole kam Scully in dem Augenblick aus dem Hospital gestürmt, als Teller zu Boden stürzte. Aufgrund der Energie, die immer noch durch seinen Körper raste, zischte das feuchte Gras.

Und Mulder und Scully wurden Zeugen, wie Darin Oswald seinen maßlosen Zorn gen Himmel schrie. Von Entsetzen überwältigt ließen sie die Waffen sinken. Und dann . . . antworteten die entfesselten Elemente mit einem mächtigen Hagel von Blitzen, wie sie noch kein Mensch je gesehen hatte. Glühendheiße Strahlen fuhren auf Darin Oswald herab, immer und immer wieder, bis seine Schuhe schmolzen, bis das Gras ein Fraß der Flammen wurde, bis auch seine letzte Sicherung durchbrannte und das letzte Licht im kalten Städtchen Connerville verlosch.

16

Fox Mulder stand auf dem breiten Flur der staatlichen Psychiatrischen Klinik. Er starrte durch die unzerbrechliche Glasscheibe in der Tür von Darin Oswalds Zelle. Mit ausdruckslosem Gesicht und geröteten Augen saß Oswald in dem engen Raum vor einem Fernsehgerät. Es war ein Leichtes, anzunehmen, sein Innerstes wäre von den Blitzen völlig ausgebrannt. Doch Mulder traute dem katatonen Frieden nicht.

Der letzte Blitz, der Darin niedergestreckt hatte, hätte ihn eigentlich umbringen müssen. Normalerweise hätte er ein halbes Dutzend Menschen erschlagen – Darin Oswald jedoch war ein paar Stunden später wieder aufgewacht, als wäre nichts geschehen. Nach einer kurzen Beobachtungszeit in der Unfallstation des städtischen Krankenhauses von Connerville war er hierher gebracht worden. Aber bisher hatten Mulder und Scully noch nicht die Genehmigung erhalten, ihn zu befragen. Und jetzt, zwei Tage nach seiner Verlegung, verdichtete sich die Ahnung in Mulder, daß sie wohl überhaupt nicht mehr die Gelegenheit dazu bekommen würden.

Am Tag zuvor hatte Mulder dem Astadourian Blitz-

Observatorium noch einmal einen Besuch abgestattet. Und wiederum hatten sich die Wissenschaftler dort nur unerträglich vage über ihre Arbeit ausgelassen. Darins behandelnder Arzt in der Psychiatrischen Klinik, der beim ersten Gespräch mit Mulder sich noch frank und frei geäußert hatte, hatte sich hinter eine Mauer des Schweigens zurückgezogen. Und just an diesem Morgen waren Mulder und Scully nach Washington zurückbeordert worden.

Anzeichen dafür hatte Mulder allerdings schon vorher registriert.

Auf ihrem Weg zum Flughafen überzeugte Mulder Scully davon, daß sie vor ihrem Abflug noch ausreichend Zeit hatten, um noch einmal den Versuch zu starten, mit Oswald zu sprechen. Doch Darins Arzt, der „zu beschäftigt“ war, um mit ihnen zu sprechen, ließ ausrichten, daß der Junge nicht gestört werden dürfe.

Mulder hörte Schritte. Er wandte sich vom Zellenfenster ab und sah Scully den Flur entlang auf sich zu kommen.

„Ich habe gerade mit dem Leichenbeschauer telefoniert“, berichtete sie. „Er bewertet Tellers Tod als Unfall.“

„Blitzschlag?“

Scully nickte matt. Natürlich, was sonst.

„Und ich habe mit dem Bezirksrichter gesprochen“,

fuhr sie fort. „Er sieht keinerlei Veranlassung, irgendwelche Ermittlungen einzuleiten."

Mulder konnte nahezu fühlen, wie sich die Akte dieses Falls unerbittlich schloß – trotz all ihrer Bemühungen, sie offenzuhalten. „Was ist mit den Tests, die ich veranlaßt habe?"

„Der Befund ist gerade eingetroffen." Sie hielt inne.

„Und?"

Scully sah Mulder direkt in die Augen, und in ihrem Blick lag so viel liebevolles Mitgefühl, daß er sich abwenden mußte. Er wußte nur zu gut, was dieser Blick bedeutete.

„Es wurde nichts Ungewöhnliches gefunden, Mulder. Die Elektrolyten, die Blutgase, die Hirnstromwellen . . ."

„Alles normal", murmelte Mulder ausdruckslos.

„Ja." Scully seufzte. „Gemäß der Daten, der wissenschaftlichen Untersuchung . . ." Mit einer resignierenden Geste hielt sie inne.

Noch einmal warf Mulder einen Blick durch das Fenster und auf den geistesgestörten Jungen in der Zelle. „Den *Experten* zufolge ist Darin Oswald also ein vollkommen gesunder, völlig normaler Mensch . . ."

Mulder hielt Oswald für einsam, gestört und bösartig. Jäh drehte er sich um und starrte seine Partnerin an. Eine Frage mußte er ihr noch stellen. Und auf einmal war das die wichtigste Frage überhaupt. Er mußte es wissen. „Scully . . . glauben *Sie* das auch?"

Erneut sah ihm Scully in die Augen.

Und Mulder verstand sie. Er nickte in finsterer Genugtuung. „Ich auch nicht."

In seiner Gummizelle, auf der anderen Seite der Glasscheibe, gab sich Darin Peter Oswald ganz dem Fernsehen hin, schaltete mit seinem bloßen Willen hin und her von einem Kanal auf den anderen. Beim Wetterkanal schließlich hielt er inne. In einem wohltuenden Schema zogen dünne Wolken nach Norden und Süden, wenngleich der Meteorologe klaren Himmel über dem Mittleren Westen vorhersagte.

Hinter dem nur von der Außenseite her durchsichtigen Glas konnte er Scully und Mulder spüren. Doch das machte ihm nichts aus. Sie konnten ihm nichts tun. Er war etwas Bedeutendes ... er war etwas Besonderes.

Wie Mrs. Kiveat im Unterricht immer gesagt hatte: „Ihr jungen Leute seid das Licht der Welt."

Und Darin wußte, seine Zeit würde bald kommen. Ganz gleich, was der Wettermann da sagte. Seine Zeit würde kommen. Seine Zeit zu leuchten.

AKTE X –
DIE UNHEIMLICHEN FÄLLE DES FBI

Die großen Akte X-Romane:

Charles Grant
Akte X – Die unheimlichen Fälle des FBI
LEBENDE SCHATTEN
Roman

Charles Grant
Akte X – Die unheimlichen Fälle des FBI
WIRBELSTURM
Roman

Kevin J. Anderson
Akte X – Die unheimlichen Fälle des FBI
IM HÖLLENFEUER
Roman

Kevin J. Anderson
Akte X – Die unheimlichen Fälle des FBI
RUINEN
Roman

Weitere Romane in Vorbereitung

Das offizielle Akte X-Kompendium:

Brian Lowry
Akte X – Die unheimlichen Fälle des FBI
DIE WAHRHEIT IST IRGENDWO DORT DRAUSSEN
DAS OFFIZIELLE KOMPENDIUM
Alle Daten, Fakten, Hintergrundinfos
plus topaktueller Episodenführer zu Akte X

vgs verlagsgesellschaft

AKTE X-STORIES

Die spannendsten TV-Abenteuer zum Nachlesen

Band 1
Les Martin – **Gezeichnet**
Roman

Band 2
Les Martin – **Der Kokon**
Roman

Band 3
Les Martin – **Sophie**
Roman

Band 4
Ellen Steiber – **Das Nest**
Roman

Band 5
Les Martin – **Der Zirkus**
Roman

Band 6
Ellen Steiber – **Verwandlungen**
Roman

Weitere Romane in Vorbereitung

ANDERE
WELTEN
Medienvertriebs-GmbH
die Spezialisten
für phantastische
Serien...
...vertrauen
Sie uns!
Fordern Sie unseren Katalog an
für 5,00 DM (in Briefmarken).
Grindelallee 77, 20146 Hamburg